À BAS L'AMOUR COPAIN!

IL Y A 20 ANS, J'ÉTAIS JEUNE, J'ÉTAIS BEAU, J'AVAIS CONFIANCE DANS LA VIE. JE SUIS ENTRÉ À "HARA-KIRI" COMME ON ENTRE DANS LES ORDRES OU À LA LÉGION, J'EN AI BAVÉ. CAVANNA ÉTAIT DUR AVEC SES HOMMES. IL EXIGEAIT UNE DISCIPLINE DE FER. ON FAISAIT DE L'HUMOUR 14 HEURES PAR JOUR, MÊME LE DIMANCHE, PARFOIS EN PLEINE NUIT IL NOUS REVEILLAIT: « DEBOUT, FEIGNANTS! JE VOUS DONNE 10 MINUTES POUR ÊTRE DRÔLES » C'EST COMME ÇA QU'ON EST DEVENUS LES MEILLEURS. PERSONNE AU MONDE POUVAIT NOUS BATTRE QUESTION HUMOUR, MÊME LES RUSSES! MÊME LES AMÉRICAINS! LA FRANCE ÉTAIT LE PAYS LE PLUS COMIQUE DU MONDE GRÂCE À NOUS. MAINTENANT? OH, MAINTENANT, C'EST PLUS PAREIL. LES GENS, ILS AIMENT MOINS RIRE. LES GENS, ILS PRENNENT TOUT AU SÉRIEUX. DANS UN SENS, C'EST PEUT-ÊTRE MIEUX. VOUS AVEZ LE COEUR À RIRE, VOUS, AVEC TOUT CE QUI SE PASSE DANS LE MONDE?
WOLINSKI

WOLINSKI

À BAS L'AMOUR COPAIN !

Albin Michel - Le Square

Du même auteur

Histoires lamentables, Éditions Hara-Kiri, 1965.
Carnet de croquis, Éditions J.-J. Pauvert, 1967.
Ils ne pensent qu'à ça, Éditions Denoël, 1967.
Je ne pense qu'à ça, tomes I, II, III, Éditions J.-J. Pauvert, 1968.
Hit parade, Éditions Denoël, 1969.
Il n'y a pas que la politique dans la vie, Éditions Denoël, 1970.
La vie compliquée de Georges Letueur, Éditions du Square, 1971.
C'est pas normal, Éditions du Square, 1973.
Il ne faut pas rêver, Éditions du Square, 1974.
Les Français me font rire, Éditions du Square, 1975.
Giscaro n'est pas drôle, Éditions du Square, 1976.
Cactus Joë, Éditions du Square, 1977.
C'est dur d'être patron, Éditions du Square, 1978.
Paulette (6 tomes, en collaboration avec Picaard pour les dessins, Éditions du Square.
Wolinski à « l'Humanité », Éditions L'Humanité, 1977-1978.
Lettre ouverte à ma femme, Éditions Albin Michel, 1978.
J'étais un sale phallocrate, Éditions Albin Michel, 1979.
Mon corps est à elles, Éditions du Square, 1979.
N'importe quoi, Éditions J.-J. Pauvert, 1979.
Wolinski à l'Huma, Éditions Mazarine, 1980.

Théâtre, en collaboration avec Claude Confortès :

Je ne veux pas mourir idiot, Éditions J.-J. Pauvert.
Je ne pense qu'à ça, Éditions J.-J. Pauvert.
Le roi des cons, Éditions J.-J. Pauvert.

22, rue Huyghens, 75014 Paris
ISBN 2-226-00966-3

À BAS L'AMOUR COPAIN !

QUELLE HORREUR !
J'ÉTAIS AVEC UN SALAUD QUI M'OBLIGEAIT À PORTER DES BAS NOIRS
MON PAUVRE VIEUX ! JE TE PROMETS QU'APRÈS, ON FAIT L'AMOUR COMME DES BÊTES.
CHIC !
Y'A MA MÈRE QUI A DIT QU'ELLE S'ENVERRAIT BIEN EN L'AIR AVEC VOUS.
C'EST LAQUELLE ? MONTRE-LA MOI DISCRÈTEMENT
TU NE M'EN VEUX PAS ? JE VIENS DE PENSER À UN TRUC VACHEMENT IMPORTANT, ET SI JE NE LE NOTE PAS TOUT DE SUITE, JE VAIS L'OUBLIER.
JE T'EN PRIE...
DÉSHABILLE-TOI, ON VA BAISER. JE VOIS QUE TU EN AS ENVIE
EH BIEN, EFFECTIVEMENT JE... EUH.. ON EST PAS DE BOIS... JE... OÙ EST LA SALLE DE BAINS ?
TU VOIS, SI TU ME DEMANDAIS DE FAIRE AVEC TOI TOUT CE QUE J'AI FAIT AVEC LES AUTRES, JE TE QUITTERAIS TOUT DE SUITE !
ÇA SERAIT TRISTE
TU BAISES BIEN
MERCI
J'AI ABSOLUMENT AUCUNE ENVIE DE FAIRE L'AMOUR. NON ! NE T'ARRÊTE PAS, SURTOUT ! SI EN PLUS JE NE JOUIS PAS...
WOLINSKI

L'AMOUR, C'EST COMPLIQUÉ

J'AI ENVIE DE FAIRE L'AMOUR DEBOUT.
TU AURAIS PU DIRE ÇA AVANT QU'ON SE COUCHE!
DONNE-MOI DES GRANDS COUPS!
TIENS! TIENS!
ON DIRAIT QUE LES DURAND SE SONT RABIBOCHÉS.
OH! ILS NE VONT PAS TARDER À SE SÉPARER À NOUVEAU!
LES TOILETTES, C'EST PAR LÀ ?
OUI, MAIS VOUS POUVEZ FAIRE ÇA ICI.
ÇA M'ÉTONNERAIT. J'AI AUSSI ENVIE DE CHIER.
TU AS VRAIMENT BESOIN DE TOUT ÇA POUR FAIRE L'AMOUR?
ÇA M'AIDE.
MA FEMME REFUSE ABSOLUMENT DE SE LAISSER SODOMISER. ELLE PRÉTEND QUE ÇA LUI FAIT MAL AU CUL.
C'EST UN CAS DE DIVORCE!

TU VIENS TE COUCHER, OUI?
J'ARRIVE, CHÉRIE. JE ME PRÉPARE.
PLUS VITE!
MOINS VITE!
ACCORDEZ VOS VIOLONS, VOUS DEUX!
BOUM! BOUM!
VENEZ DÎNER CE SOIR. JE VOUS SODOMISERAI PENDANT QUE VOUS BAISEREZ BOBONNE ET QUE MA FILLE ET MON FILS VOUS CHATOUILLERONT LES ROUPETTES.
CE SOIR, IMPOSSIBLE! JE VAIS AU CINÉMA PORNO AVEC UN AMI.
VOTRE FOUTRE A UN GOÛT BIZARRE.
POURTANT, IL EST TOUT FRAIS. VOUS POUVEZ VÉRIFIER, LA DATE DE CONSERVATION EST TAMPONNÉE SUR LA COUILLE GAUCHE
ALLEZ, VIENS! QU'EST-CE QUE TU ATTENDS?
QUI C'EST, CE MEC?
C'EST MON MARI. IL EST PARALYSÉ DEPUIS SON ACCIDENT.
PAUVRE TYPE!
OH! IL ÉTAIT DÉJÀ COMME ÇA AVANT!
WOLINSKI

SALUT, MON VIEUX !

SALUT, RÉVEIL !
SALUT, CORPS !
SALUT, CAFÉ !
PSCHIT
SALUT, PROPRETÉ !
SALUT CHEMISE, SALUT PANTALON !
SALUT, CHAUSSETTES ET SOULIERS !
SALUT, SALETÉ !
PLOP PLOP
SALUT, FEMME !
SALUT DEHORS, VENT, PLUIE, MÉTRO !
SALUT, TRAVAIL !
SALUT, ENNUI !
SALUT, DÎNER !
SALUT,, DEVOIR CONJUGAL !
SALUT TOUT LE MONDE !
FAIS DE BEAUX RÊVES
WOLINSKI
(À SUIVRE)

SUR POPULATION

TOURNEZ LE DOS À VOTRE FEMME

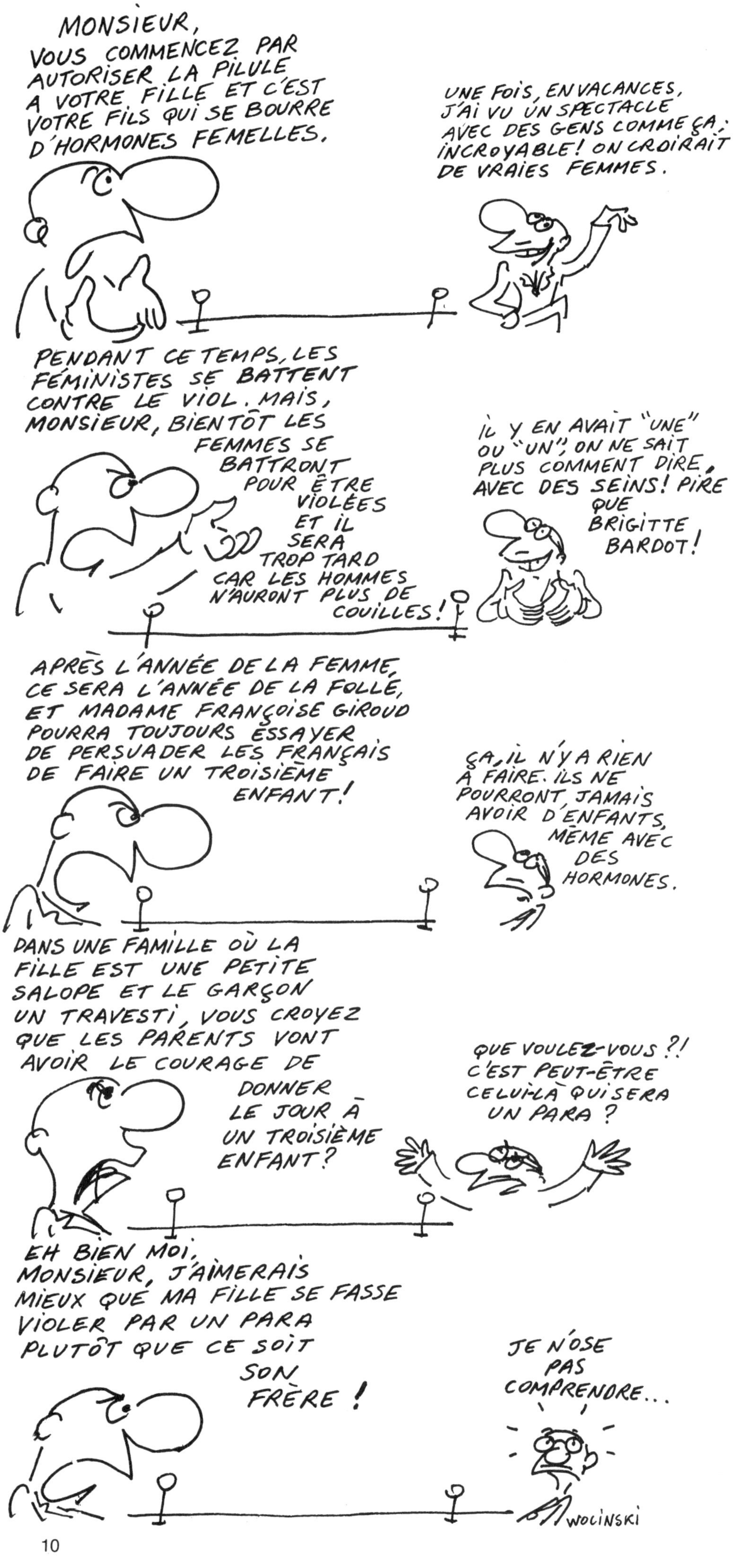
MONSIEUR, VOUS COMMENCEZ PAR AUTORISER LA PILULE A VOTRE FILLE ET C'EST VOTRE FILS QUI SE BOURRE D'HORMONES FEMELLES.
UNE FOIS, EN VACANCES, J'AI VU UN SPECTACLE AVEC DES GENS COMME ÇA: INCROYABLE! ON CROIRAIT DE VRAIES FEMMES.
PENDANT CE TEMPS, LES FÉMINISTES SE BATTENT CONTRE LE VIOL. MAIS, MONSIEUR, BIENTÔT LES FEMMES SE BATTRONT POUR ÊTRE VIOLÉES ET IL SERA TROP TARD CAR LES HOMMES N'AURONT PLUS DE COUILLES!
IL Y EN AVAIT "UNE" OU "UN", ON NE SAIT PLUS COMMENT DIRE, AVEC DES SEINS! PIRE QUE BRIGITTE BARDOT!
APRÈS L'ANNÉE DE LA FEMME, CE SERA L'ANNÉE DE LA FOLLE, ET MADAME FRANÇOISE GIROUD POURRA TOUJOURS ESSAYER DE PERSUADER LES FRANÇAIS DE FAIRE UN TROISIÈME ENFANT!
ÇA, IL N'Y A RIEN À FAIRE. ILS NE POURRONT JAMAIS AVOIR D'ENFANTS, MÊME AVEC DES HORMONES.
DANS UNE FAMILLE OÙ LA FILLE EST UNE PETITE SALOPE ET LE GARÇON UN TRAVESTI, VOUS CROYEZ QUE LES PARENTS VONT AVOIR LE COURAGE DE DONNER LE JOUR À UN TROISIÈME ENFANT?
QUE VOULEZ-VOUS?! C'EST PEUT-ÊTRE CELUI-LÀ QUI SERA UN PARA?
EH BIEN MOI, MONSIEUR, J'AIMERAIS MIEUX QUE MA FILLE SE FASSE VIOLER PAR UN PARA PLUTÔT QUE CE SOIT SON FRÈRE!
JE N'OSE PAS COMPRENDRE...
WOLINSKI

DEVENEZ MONITEUR DE VIOL.
TOUJOURS GARDER SON CALME. ÉVITER TOUTES VIOLENCES INUTILES. PAS FAIRE DE GESTES BRUSQUES

W317002180

VOTRE NUMÉRO?
W317002180
POURQUOI VOULEZ-VOUS DEVENIR UNE FEMME?
J'EN AI ASSEZ D'ÊTRE UN HOMME. JE NE ME SUPPORTE PLUS
VOUS SAVEZ QUE VOUS NE POURREZ PAS REVENIR EN ARRIÈRE?
JE SAIS.
VOUS ÊTES SUR DE NE PAS REGRETTER? CE N'EST PAS UN COUP DE TÊTE? MOI QUI VOUS PARLE, JE...
ET ALORS, VOUS REGRETTEZ?
NON, PAS UN SEUL MOMENT, MAIS...
J'AVAIS DEVINÉ QUE VOUS ÉTIEZ...
BON. VOUS SEREZ OPÉRÉ DANS TROIS SEMAINES, LE JEUDI À 8H DU MATIN. ÇA VOUS VA, COMME DATE?
PARFAIT
DITES-MOI. QU'EST-CE QUE VOUS FAITES CE SOIR? VOUS NE VOULEZ PAS QU'ON ENTERRE ENSEMBLE MA VIE DE GARÇON?
AH! AH! AH! C'EST PAS MON GENRE!
J'AIME PAS LES HOMMES!
SALOPERIE DE LESBIENNE!
Wolinski

S.O.S. FEMMES BATTUES

♫
CHÉRIIIE!
PAS LÀ!
OUF! QUELLE JOURNÉE!
DRRRING
LA PORTE
MA FEMME EST LÀ?
POURQUOI VOULEZ-VOUS QUE VOTRE FEMME SOIT LÀ?
JE SUIS BIEN 15 (BIS) RUE DES PINSONS?
OUI
ALORS MA FEMME EST LÀ. POUSSE-TOI, PETIT MEC!
VOULEZ-VOUS SORTIR DE CHEZ MOI?!
QUAND J'AURAI TROUVÉ LILIANE.
LILIANE!
LILIANE!
?
AH! JE SAVAIS BIEN QUE JE TE TROUVERAIS LÀ!
ERNEST, LAISSE-MOI TRANQUILLE!
MAIS...
LILIANE, REVIENS À LA MAISON
TU ME PROMETS DE NE PAS ME TOUCHER?
OUI
JURE-LE SUR LA TÊTE DE TA MÈRE
JE LE JURE
MAIS ENFIN, QUE FAITES-VOUS SOUS MON LIT, MADAME? C'EST UNE HISTOIRE DE FOUS!

ÇA T'APPRENDRA À QUITTER LA MAISON. LILIANE
PAF!
VOUS DÉPASSEZ LES BORNES, MONSIEUR.
ET VOILÀ POUR TOI, P'TIT MEC! J'AIME PAS LES MENTEURS
PAF!
MAIS QU'EST CE QUI T'ES ARRIVÉ?
IL Y'AVAIT UNE FEMME SOUS LE LIT, ET UN TYPE EST VENU, ET...
TU AS LAISSÉ LE MARI DE LILIANE L'EMMENER, ESPÈCE DE LÂCHE!
IL VA LA TUER!
PEUX-TU M'EXPLIQUER QUI EST LILIANE?
C'EST TOUT SIMPLE. NOUS AVONS CRÉÉ UNE ASSOCIATION "S.O.S. FEMMES BATTUES" DANS LE QUARTIER. EN ATTENDANT QU'ON TROUVE UN LOCAL, J'AI OFFERT NOTRE APPARTEMENT. NOTRE PREMIER CAS, C'EST LILIANE. ET TU L'AS LAISSÉE PARTIR, ESPÈCE DE DÉGUEULASSE!
JE COMPRENDS
AU SECOURS!
TÉLÉPHONE À S.O.S. FEMMES BATTUES!
WOLINSKI

HEU-REU-SE !
D'APRÈS "MARIE-CLAIRE", POUR 81 % DES FEMMES, LA RÉUSSITE SENTIMENTALE CONSISTE À BIEN S'ENTENDRE AVEC LEUR MARI
TU ES D'ACCORD AVEC CES CONNERIES ?
TOUJOURS LE MÊME HOMME TOUTE LA VIE ! ÇA NE T'ENNUIE PAS ?
PAS DU TOUT !
N'AS-TU VRAIMENT JAMAIS LA CURIOSITÉ DE SAVOIR CE QU'IL Y A DERRIÈRE LA BRAGUETTE DES AUTRES HOMMES ?
J'AI VRAIMENT AUTRE CHOSE À PENSER.
MOI, J'AIMERAIS TANT ARRIVER À L'IMPROVISTE. ET TE TROUVER NUE DANS LES BRAS D'UN BELLÂTRE, CRIER : « TRAÎTRESSE ! » ET ALLER DÉCROCHER MON FUSIL.
TU ES FOU !
IL EST FOU !
ET PUIS JE TE TUERAIS APRÈS AVOIR ABATTU TON AMANT. C'EST ÇA, VIVRE !
ARRÊTE TES BÊTISES !
LE JOUR OÙ J'EN AI MARRE DE TOI, JE M'EN VAIS. J'AI PAS BESOIN DE TOUT CE CINÉMA
QUELLE TRISTESSE !
QUELLE ÉPOQUE !
JE DÉTESTE LES FEMMES, C'EST POUR CELA QUE JE NE ME SUIS JAMAIS MARIÉ
MOI, SI J'EN AI ÉPOUSÉ UNE, C'EST JUSTEMENT PARCE QUE JE LES DÉTESTE !
JE NE COMPRENDS PAS BIEN TON RAISONNEMENT
CELLE-LÀ... JE SUIS SÛR QU'ELLE EST VRAIMENT MALHEUREUSE !
YUK YUK
HÉ HÉ HÉ
VOUS AVEZ DE LA CHANCE DE RIRE. MOI, JE N'AI QUE LES YEUX POUR PLEURER !

MA PLUS BELLE RÉUSSITE EST CELLE DE MA VIE FAMILIALE
MENTEUSE! SALOPE! NE LA CROYEZ PAS, MONSIEUR!
IL N'YA PAS D'HOMME PLUS MALHEUREUX QUE MOI SUR LA TERRE
VOYONS, CHÉRI.
TU TE DONNES EN SPECTACLE
BOU! HOU! ELLE A FAIT DE MOI UNE LOQUE! UNE LOQUE!
UNE LOQUE!
PSST PSST
QU'EST-CE QUE C'EST, CES MESSES BASSES?
HEIN?
QU'EST-CE QU'ELLE DIT? QU'EST-CE QU'ELLE DIT?
HEIN?
RIEN QUE DE TRÈS AIMABLE POUR VOUS
ELLE VOUS AIME TENDREMENT, MALGRÉ VOTRE HALEINE FÉTIDE ET VOTRE SEXE MINUSCULE
OUAAH!
FÉLICITATIONS!
WOLINSKI

COMMENT ACCEPTER LE CHÔMAGE AVEC LE SOURIRE
EN PROSTITUANT SA FEMME
J'AI MON MÉNAGE À FAIRE...

1979 : DES RAISONS D'ESPÉRER

IL FERA BEAU DANS DES ENDROITS LOINTAINS
SALAUDS!
CONNARD!
PARTIR
IL Y AURA DES BONHEURS FUGITIFS
IL EST BON, VOTRE CAFÉ.
NON, IL N'EST PAS BON.
IL EST BIEN CHAUD, EN TOUT CAS.
VOUS VOULEZ QU'IL SOIT FROID, EN PLUS?
IL Y AURA DES NUITS D'AMOUR
JE VOUS AIME. JE VOUDRAIS PASSER UN QUART D'HEURE AVEC VOUS
POURQUOI UN QUART D'HEURE?
PARCEQUE POUR MOI, UNE NUIT D'AMOUR, C'EST UN QUART D'HEURE.
NOUS FERONS QUELQUES FOLIES
SI TU METS TON COSTUME DU DIMANCHE LUNDI, QUE METTRAS-TU DIMANCHE?
DIMANCHE, JE NE SORTIRAI PAS. JE RESTERAI EN PYJAMA.
NOUS BOIRONS PARFOIS PLUS QUE DE RAISON.
ÇA, C'EST EXACTEMENT LA DOSE QUE JE NE DOIS PAS DÉPASSER
QUAND TU FAIS ÇA, JE SAIS QUE TU AS BU
NOUS N'HÉSITERONS PAS À COMMUNIQUER AVEC LES AUTRES.
JE VAIS VOUS PARLER DE MOI PARCEQUE JE SUIS LE SEUL SUJET QUI M'INTERESSE VRAIMENT
IL Y AURA UN DÉBAT APRÈS, J'ESPÈRE
NOUS SERONS PARFOIS ANGOISSÉS PAR LES MALHEURS DU PAUVRE MONDE
SES DERNIÈRES PAROLES ONT ÉTÉ: «C'EST TERRIBLE CE QUI SE PASSE EN IRAN»
EN IRAN! ET MOI, ALORS?
LES PROBLÈMES DE LA JEUNESSE NOUS FERONT RÉFLÉCHIR.
JE N'AI AUCUNE RAISON DE VIVRE
ÇA, C'EST LE GENRE DE CONNERIES QU'ON PENSE À 20 ANS. TRAVAILLE, FONDE UNE FAMILLE ET TU AURAS DES RAISONS DE VIVRE..
BIEN SÛR, LA VIE NE SERA PAS TRÈS FACILE POUR CERTAINS
AVANT, JE GAGNAIS DEUX MILLIARDS PAR AN. JE NE GAGNE PLUS QU'UN MILLIARD
CIAO! JE NE RESTE PAS AVEC UN FAUCHÉ
NOUS GAGNERONS MOINS. IL FAUDRA SE DÉBROUILLER
T'AS PAS CENT BALLES?
MONSIEUR BARRE, ÇA VA SI MAL QUE ÇA?
DANS CHAQUE FAMILLE, IL Y AURA AU MOINS UN CHÔMEUR.
ET CE VILAIN PAPA QUI NE TRAVAILLE PAS, ON VA LUI DONNER QUAND MÊME DE LA SOUPE?
NON NON NON!
MAIS TANT QUE NOUS AURONS DE L'EAU ET DE L'ÉLECTRICITÉ, NOUS NE NOUS PLAINDRONS PAS.
C'EST MAGIQUE!
WOLINSKI

DESSINS ANIMÉS

AH!
TOC TOC TOC
BOING
OU OU OU OU
ARGH!
VLAM
GEORGES, JUREZ-MOI QUE VOUS NE M'AIMEZ PAS UNIQUEMENT POUR MON CORPS.
POP
POP
POP
WOLINSKI
hommage à Tex AVERY

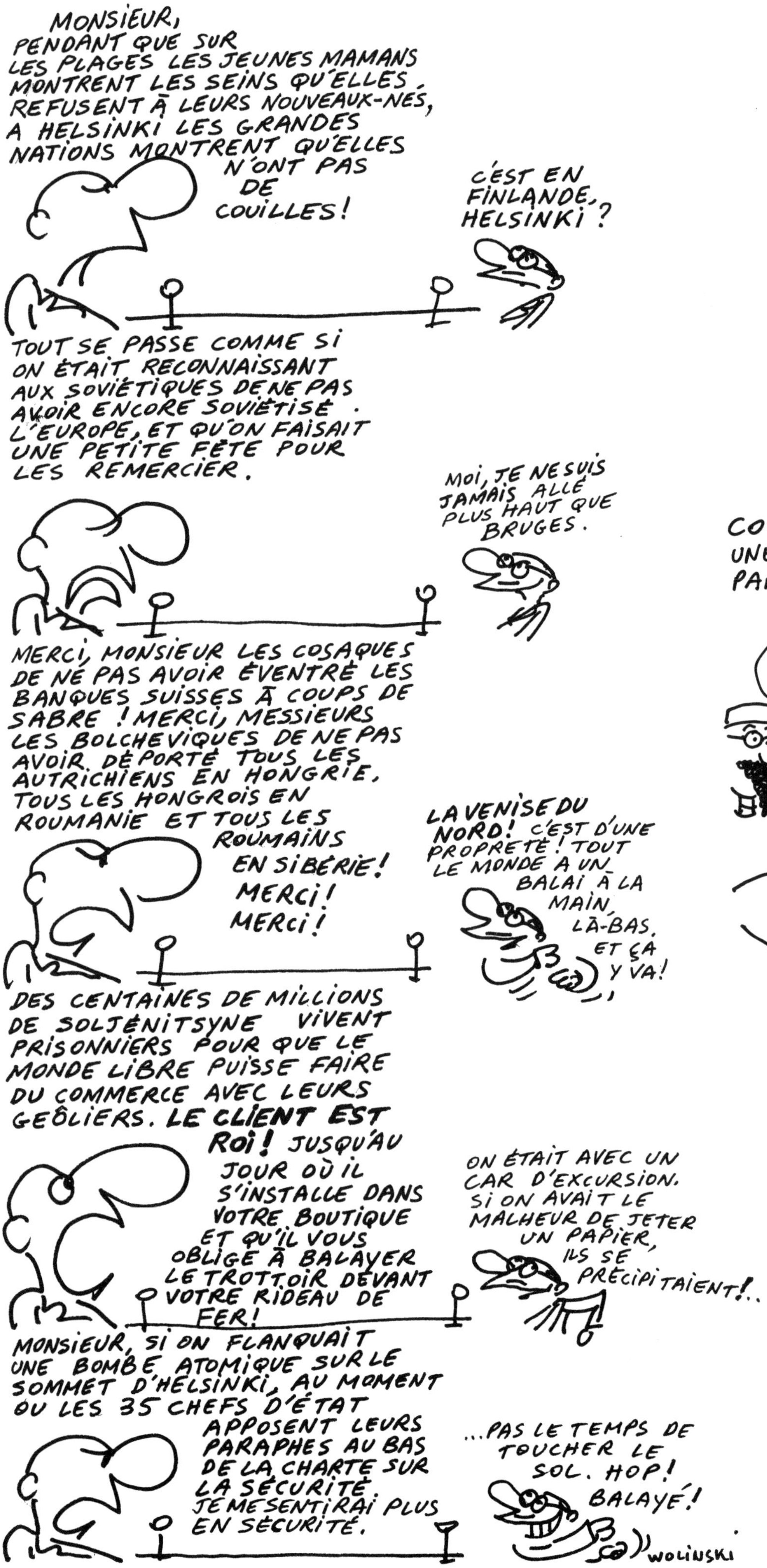
MONSIEUR, PENDANT QUE SUR LES PLAGES LES JEUNES MAMANS MONTRENT LES SEINS QU'ELLES REFUSENT À LEURS NOUVEAUX-NÉS, A HELSINKI LES GRANDES NATIONS MONTRENT QU'ELLES N'ONT PAS DE COUILLES!
C'EST EN FINLANDE, HELSINKI ?
TOUT SE PASSE COMME SI ON ÉTAIT RECONNAISSANT AUX SOVIÉTIQUES DE NE PAS AVOIR ENCORE SOVIÉTISÉ L'EUROPE, ET QU'ON FAISAIT UNE PETITE FÊTE POUR LES REMERCIER.
MOI, JE NE SUIS JAMAIS ALLÉ PLUS HAUT QUE BRUGES.
MERCI, MONSIEUR LES COSAQUES DE NE PAS AVOIR ÉVENTRÉ LES BANQUES SUISSES À COUPS DE SABRE ! MERCI, MESSIEURS LES BOLCHEVIQUES DE NE PAS AVOIR DÉPORTÉ TOUS LES AUTRICHIENS EN HONGRIE, TOUS LES HONGROIS EN ROUMANIE ET TOUS LES ROUMAINS EN SIBÉRIE! MERCI! MERCI!
LA VENISE DU NORD! C'EST D'UNE PROPRETÉ! TOUT LE MONDE A UN BALAI À LA MAIN, LÀ-BAS, ET ÇA Y VA!
DES CENTAINES DE MILLIONS DE SOLJÉNITSYNE VIVENT PRISONNIERS POUR QUE LE MONDE LIBRE PUISSE FAIRE DU COMMERCE AVEC LEURS GEÔLIERS. LE CLIENT EST ROI! JUSQU'AU JOUR OÙ IL S'INSTALLE DANS VOTRE BOUTIQUE ET QU'IL VOUS OBLIGE À BALAYER LE TROTTOIR DEVANT VOTRE RIDEAU DE FER!
ON ÉTAIT AVEC UN CAR D'EXCURSION. SI ON AVAIT LE MALHEUR DE JETER UN PAPIER, ILS SE PRÉCIPITAIENT!..
MONSIEUR, SI ON FLANQUAIT UNE BOMBE ATOMIQUE SUR LE SOMMET D'HELSINKI, AU MOMENT OÙ LES 35 CHEFS D'ÉTAT APPOSENT LEURS PARAPHES AU BAS DE LA CHARTE SUR LA SÉCURITÉ, JE ME SENTIRAI PLUS EN SÉCURITÉ.
...PAS LE TEMPS DE TOUCHER LE SOL. HOP! BALAYÉ!
WOLINSKI

COCORICO!
UNE GREFFE DE POILS RÉUSSIE PAR UNE ÉQUIPE FRANÇAISE
MERCI DOCTEUR

ÇA PEUT FAIRE QUELQU'UN...

ENTREZ.
ASSEYEZ-VOUS.
BIEN! NOUS AVONS ÉTUDIÉ VOTRE CURRICULUM VITAE ET VOTRE LETTRE. VOUS SEMBLEZ CORRESPONDRE AU PROFIL QUE NOUS RECHERCHONS. VOTRE AGE, VOS DIPLÔMES D'INGÉNIEUR DE L'ÉCOLE D'APPLICATION DES HAUTS POLYMÈRES...
LE FAIT QUE VOUS SOYEZ AGRÉGÉE DE RUSSE, VOTRE CONNAISSANCE DE L'ARABE, BREF! VOUS ARRIVEZ EN TÊTE D'UNE CENTAINE DE POSTULANTES.
IL DÉPEND DONC DE NOTRE ENTRETIEN QUE VOUS SOYEZ DÉFINITIVEMENT ADMISE DANS NOTRE ENTREPRISE. NE VOUS ÉTONNEZ PAS DU TON PERSONNEL DES QUESTIONS QUE JE VAIS VOUS POSER. C'EST LA RÈGLE DU JEU
VOUS EST-IL DÉJA ARRIVÉ DE PRENDRE UN VERRE AVEC UN INCONNU?
CELA NE VOUS REGARDE PAS
BIEN.
VOUS ÊTES-VOUS DÉJA FAIT AVORTER?
OUI.
QUEL JOURNAL LISEZ-VOUS?
"LE MONDE"
QUELLE EST VOTRE PLUS GRANDE QUALITÉ?
JE SAIS CE QUE JE VEUX.
ET VOTRE PLUS GRAND DÉFAUT?
TROUVEZ-LE VOUS-MÊME!
COMBIEN ESTIMEZ-VOUS QUE VOUS DEVEZ GAGNER?
CERTAINEMENT PLUS QUE CE QUE VOUS COMPTEZ M'OFFRIR.
BIEN! VOTRE DOSSIER EST ACCEPTÉ. VOUS FAITES PARTIE DE NOTRE MAISON
MERCI, MONSIEUR. VOUS N'AUREZ PAS À LE REGRETTER.
COMMENT ELLE MARCHE, LA NOUVELLE?
ELLE A DE L'AGRESSIVITÉ ET ELLE ACCROCHE. IL LUI MANQUE ENCORE UN PEU D'EXPÉRIENCE SUR LE TERRAIN, MAIS JE LA CROIS TRÈS PERFORMANTE. ÇA PEUT FAIRE QUELQU'UN.
WOLINSKI

STRESS

J'AI DÉCIDÉ DE METTRE FIN À MES JOURS PARCE QUE J'EN AI MARRE DE NE PAS VIVRE.

AUJOURD'HUI, JE ME TUE
AH, NON! ON A UN DINER

JE SUIS DÉGOÛTÉ DE TOUT, ET SURTOUT, SURTOUT, DE MOI-MÊME.
JE N'AI JAMAIS ÉTÉ L'HOMME QUE J'AURAIS VOULU ÊTRE, SÛR DE LUI, FORT, DOMINATEUR, INCREVABLE. JE N'AI JAMAIS SU M'IMPOSER, COMMANDER.

COMMENT VIS-TU?
COMME UN OISEAU SUR LA BRANCHE

JOUER AU BRIDGE, MONTER À CHEVAL, BOIRE DES NUITS ENTIÈRES, CONDUIRE À 200 À L'HEURE, DRAGUER UNE FEMME, FAIRE UN DISCOURS.

COMMENT VIS-TU?
COMME UN CHIEN

JE SAIS À PRÉSENT QUE JE N'OSERAI JAMAIS RIEN EXIGER, ET POURTANT J'AI RÊVÉ TOUTE MA VIE DE CE QUE JE N'AI JAMAIS OSÉ EXIGER. JE ME SUIS CONTENTÉ DE CE QUI M'ÉTAIT OFFERT. JE NE ME SUIS PAS BATTU POUR VAINCRE LES VAINES RÉSISTANCES, LES FAUSSES PUDEURS, LES MAUVAISES RAISONS. J'AI AIMÉ QUI M'A AIMÉ. J'AI CHOISI QUI M'A CHOISI. MES NUITS D'AMOUR ONT RAREMENT DÉPASSÉ UN QUART D'HEURE.

ÇA FAIT HUIT JOURS QUE JE FAIS LA GUEULE
JE NE M'EN ETAIS PAS APERCUE
APRÈS, ON SE DEMANDE POURQUOI JE FAIS LA GUEULE!

LE NOMBRE DE PAYS QUE JE N'AI PAS VISITÉS, DE SENSATIONS QUE JE N'AI PAS CONNUES, DE VICES QUE JE N'AI PAS EUS, D'EXPÉRIENCES QUE JE N'AI PAS TENTÉES, DE FORTUNES QUE JE N'AI PAS DILAPIDÉES, DE CHEFS-D'ŒUVRES QUE JE N'AI PAS EXÉCUTÉS, DE FEMMES AVEC LESQUELLES JE N'AI PAS FAIT L'AMOUR AUGMENTE SANS CESSE, À MESURE QUE MA JEUNESSE S'ENFUIT.

JE M'ADRESSE AU SPECTATEUR LAMBDA
PONTIFE

CELA ME DÉSESPÈRE DE PENSER QUE JE NE FERAI JAMAIS CE QUE J'AI JAMAIS FAIT.

COMMENT VIS-TU?
COMME UN POISSON DANS L'EAU

JE SUIS DÉCOURAGÉ PAR LA QUANTITÉ DE COURAGE QU'IL ME FAUDRAIT POUR OUBLIER LA MÉDIOCRITÉ ET LE BÂCLAGE DE MON EXISTENCE.

ET TOI, COMMENT VIS-TU?
JE N'AI JAMAIS VÉCU

AUSSI, POUR LA PREMIÈRE FOIS DE MA VIE, ET LA DERNIÈRE, JE NE VAIS PAS SUIVRE LE MOUVEMENT, APPARTENIR À UN GROUPE,

J'AI DÉCIDÉ DE TUER TOUS LES CONS
COMMENCE PAR TOI
NON! MOI EN DERNIER

À UNE ÉQUIPE, À UNE SOCIÉTÉ, À UNE FAMILLE, À UN ÉTAGE, À UN CHARTER. JE NE VAIS PAS OBÉIR AUX LOIS, AUX PRINCIPES, AU DESTIN, À LA NORME, À LA FATALITÉ, À LA ROUTINE.

SI ON NE RÉDUIT PAS NOTRE TRAIN DE VIE, JE ME TUE
SI ON RÉDUIT NOTRE TRAIN DE VIE, JE ME TUE

VOTRE MARI M'A PISSÉ DESSUS
ÇA VA SECHER

JE VAIS CHOISIR LE NÉANT. SANS ENTHOUSIASME, SANS PASSION,

QUE VAS-TU DEVENIR SI JE MEURS?
VEUVE!
COMME JACQUELINE KENNEDY!

COMME UN BOEUF QU'ON MÈNE À L'ABATTOIR. AVEC LE SENTIMENT QUE PERSONNE NE ME REGRETTERA LONGTEMPS. QUE JE SERAI VITE OUBLIÉ. ET QUE MON DERNIER GESTE SERA AUSSI DÉRISOIRE QUE CELUI D'UN VOYAGEUR SANS BAGAGES, QUI MONTE DANS UN TRAIN NE MENANT NULLE PART, ET QUI AGITE SON MOUCHOIR DEVANT UN QUAI DÉSERT.

AH, C'EST TOI, JE TE CROYAIS MORT!
QU'EST-CE QU'IL Y A À LA TÉLÉ, CE SOIR?
PAPA
WOLINSKI

LES NUITS FIEVREUSES
DE S^T TROPEZ

J'AI RENCONTRÉ MA JEUNESSE

J'AI RENCONTRÉ L'AUTRE JOUR CELUI QUE J'ÉTAIS LORSQUE J'ÉTAIS JEUNE.
BONJOUR M'SIEUR
BONJOUR, PETIT CON!
ALORS C'EST VOUS MON AVENIR?
TU PEUX ÊTRE FIER DE MOI, SI MOI, JE NE SUIS PAS FIER DE TOI
QU'EST CE QUE J'AI FAIT?
RIEN! ON NE PEUT PAS DIRE QUE TU M'AS BEAUCOUP AIDÉ. TU N'AS MÊME PAS ÉTÉ FICHU D'AVOIR TON BAC!
JE NE SUIS PAS DOUÉ POUR LES ÉTUDES
MALHEUREUSEMENT POUR MOI! C'ÉTAIT POURTANT PLUS FACILE D'AVOIR VINGT ANS À TON ÉPOQUE QUE MAINTENANT. IL SUFFISAIT D'AVOIR DES PARENTS ASSEZ RICHES POUR TE PAYER DES ÉTUDES ET TU ÉTAIS SUR DES RAILS: MÉDECIN, AVOCAT, INGÉNIEUR, ARCHITECTE...
J'AURAI BIEN AIMÉ ÊTRE ARCHITECTE
ALORS, IL FALLAIT TRAVAILLER. IL NE FALLAIT PAS RÊVER! QUAND JE PENSE QUE J'AI ÉTÉ CE PETIT RIGOLO!
ÇA MARCHE POUR VOUS, MAINTENANT?
PAS MAL! MAIS C'EST À L'HOMME QUE JE SUIS DEVENU QUE JE LE DOIS. PAS AU JEUNE QUE J'AI ÉTÉ.
VOUS ÊTES HEUREUX?
MÊLE TOI DE CE QUI TE REGARDE!
POURQUOI VOUS NE FAITES QUE M'ENGUEULER?
PARCE QUE JE T'EN VEUX DE TOUT LE TEMPS QUE TU M'AS FAIT PERDRE!
JE M'EXCUSE MONSIEUR, C'EST PAS DE MA FAUTE! ON SAIT PAS CE QU'ON VEUT À MON AGE!

TU AS GASPILLÉ MA JEUNESSE COMME ON GASPILLE L'ÉNERGIE
QU'EST CE QUE VOUS AVEZ À ME REPROCHER? VOUS AVEZ PAS MAL RÉUSSI...
JE NE SUIS NI AUSSI RICHE NI AUSSI PUISSANT QUE J'AURAI PU LE DEVENIR SI TU AVAIS EU PLUS DE PLOMB DANS LA TÊTE!
BOF!
TU N'AS AUCUNE AMBITION!
ENCORE UNE CHANCE QUE TU SOIS NÉ LONGTEMPS AVANT LA PILULE, LA DROGUE, LA FAUCHE, LA DÉPRIME, LE PORNO, LA TÉLÉ ... JE SUIS SUR QUE TU AURAIS TOURNÉ MAL.
AH, LA VACHE VOUS NE DEVEZ PAS VOUS EMBÊTER!
ON N'A PAS QUE ÇA, ON A LA CRISE AUSSI. LES JEUNES D'AUJOURD'HUI SONT INQUIETS. ILS ONT INTÉRET À SE SERRER LES COUDES, À TROUVER DES SOLUTIONS À LEURS PROPRES PROBLÈMES. LE MONDE CHANGE PERSONNE NE SAIT COMMENT IL SERA DANS 20 ANS. MAIS CE QUI EST SUR C'EST QU'IL SERA CE QU'ILS EN FERONT
TU PARLES TOUT SEUL CHÉRI?
NON, JE ME PARLE À MOI MÊME
OUAAH! C'EST VOTRE FEMME ÇA? ELLE EST CHOUETTE!
NE T'EXCITE PAS. TU N'EXISTES PAS POUR ELLE. ELLE A HORREUR DES MINETS!
D'AILLEURS SI MES SOUVENIRS SONT BONS TU N'ES PAS TRÈS DOUÉ AVEC LES DAMES.
OH! J'AI LE TEMPS
EH! EH!
TU CROIS?
BON, C'EST PAS TOUT ÇA. J'AI PAS LE TEMPS DE GLANDER MOI, COMME TOI! J'AI UN BOULOT DINGUE
JE FAIS JUSTE UN TOUR
AU REVOIR, M'SIEUR
ADIEU
WOLINSKI

LE PÈRE JULES

DÈS QUE JE SUIS ICI. JE RESPIRE MIEUX
RIEN N'A CHANGÉ DEPUIS MON ENFANCE
QUAND JE PENSE À TOUTES LES BALADES QUE J'AI PU FAIRE ICI! JE CONNAIS TOUS LES SENTIERS PAR CŒUR. AH! ON NE VIT PAS, À PARIS!
TU DIS ÇA, MAIS...
TIENS! JE LE CROYAIS MORT
QUI EST-CE?
LE PÈRE JULES. UNE FIGURE DU PAYS. TU VAS VOIR, JE VAIS LE FAIRE PARLER. IL EST FABULEUSEMENT AUTHENTIQUE.
ALORS, PÈRE JULES, VOUS ME RECONNAISSEZ? JE SUIS LE PETIT GEORGES. JE VOUS PRÉSENTE MA FEMME.
TE VOILÀ REVENU PAR CHEZ NOUS! BONJOUR, MADAME, ON RESPIRE LE BON AIR?
AH! ÇA FAIT DU BIEN, PÈRE JULES.
ET CETTE AUTOROUTE QUI DOIT TRAVERSER LA VALLÉE? ÇA DOIT VOUS DONNER BIEN DU SOUCI? QUEL SCANDALE! UNE SI BELLE VALLÉE!
ON SERA MOINS ISOLÉS, ET LES CAMIONS GAGNERONT DU TEMPS POUR LIVRER LES FRUITS.
EUH... VOUS RACONTEZ TOUJOURS DE BELLES HISTOIRES À LA VEILLÉE, PÈRE JULES?
LES VEILLÉES, IL Y EN A PLUS GUÈRE, AVEC LA TÉLÉVISION.
TOUT SE PERD, QUELLE TRISTESSE!
MAIS SI VOUS AIMEZ LES HISTOIRES DE PAR CHEZ NOUS, C'EST FACILE!
ALLEZ AU MARCHAND DE JOURNAUX ET DEMANDEZ "LES SOUVENIRS DU PÈRE JULES". DEPUIS MON "APOSTROPHES", J'EN AI VENDU PLUS DE 50000 EXEMPLAIRES.
AUX ÉDITIONS DU SQUARE, PARIS.
EXCUSEZ-MOI, MAIS J'AI RENDEZ-VOUS AVEC MON MAGNÉTOPHONE POUR LE 2e TOME. BIEN LE BONJOUR, MADAME, ET FAITES PROVISION DE SANTÉ.
PFOU!
WOLINSKI

INTERVIEW D'UN HOMME BIEN DANS SA PEAU

VOUS VENEZ DE PUBLIER UN LIVRE INTITULÉ «JE ME SENS BIEN DANS MA PEAU». VOUS SENTEZ-VOUS BIEN DANS VOTRE PEAU ?
JE ME SUIS TOUJOURS SENTI BIEN DANS MA PEAU. MÊME SOUS L'OCCUPATION.
VOUS NE CONNAISSEZ PAS DE MOMENTS DE DOUTE, DE CRAINTE, D'ANGOISSE ?
J'AIME LA VIE. JE LA PRENDS COMME ELLE EST, AVEC ÉMERVEILLEMENT ET RECONNAISSANCE. JE LA DÉGUSTE COMME CE COGNAC, À PETITES GORGÉES TIÈDES.
NE PENSEZ-VOUS PAS ÊTRE UN PRIVILÉGIÉ DANS UN MONDE DÉCHIRÉ OÙ LA FAIM EST LE PRINCIPAL SOUCI DE MILLIARDS D'HOMMES ?
SINISTROSE, MOROSITÉ, MAL DE VIVRE SONT LES MAMELLES DU PESSIMISME.
VOUS ÊTES UN OPTIMISTE À TOUT CRIN ?
JE SUIS UN OPTIMISTE CONVAINCU ET MILITANT.
IL Y A TOUJOURS EU DES MALHEUREUX QUI ONT CREVÉ DE FAIM. CE N'EST PAS EN BROYANT DU NOIR QU'ON CUISINERA LA PÂTÉE QUI LES NOURRIRA. IL VAUT MIEUX SE CONSOLER EN PENSANT QU'ILS MANGERONT MIEUX DANS UN MONDE MEILLEUR.
VOUS ÊTES CROYANT ?
JE PRIE BEAUCOUP.
VOUS CONSIDÉREZ-VOUS COMME UN HOMME DE DROITE ?
JE N'AIME PAS LES ÉTIQUETTES. CE QUI COMPTE, POUR MOI, C'EST LA MORALE, LE RESPECT, LE BON SENS, ET UN CERTAIN ART DE VIVRE. JE SUIS UN GRAND BAISEUR.
VOUS DITES CELA COMME SI VOUS DISIEZ: «JE SUIS UN FIN GASTRONOME»
IL Y A DE CELA.
N'AVEZ-VOUS PAS L'IMPRESSION D'ÊTRE UN PERSONNAGE EN DEHORS DE VOTRE SIÈCLE ?
HEUREUSEMENT, JE NE SUIS PAS UNIQUE. NOUS SOMMES UN PETIT GROUPE D'OPTIMISTES MYSTIQUES, ET JE CROIS POUVOIR VOUS DIRE QUE NOUS AVONS L'OREILLE DU POUVOIR ACTUEL, TOUT EN DÉPLORANT CERTAINS ASPECTS DE CE POUVOIR.
UN GROUPE ? QUI, PAR EXEMPLE ?
EH BIEN, LOUIS PAUWELS, GEORGES SUFFERT, FRANÇOIS NOURRISSIER, JEAN DUTOURD, JACQUES CHIRAC, ET ALAIN DELON ONT UNE SENSIBILITÉ TRÈS PROCHE DE LA MIENNE.
VOUS DISIEZ QUE VOUS DÉPLORIEZ CERTAINS ASPECTS DE CE POUVOIR. LESQUELS ?
TROP DE LAXISME, DE RELÂCHEMENT, DE COMPROMISSIONS, DE SOUMISSION, DE LÂCHETÉ DEVANT LES TERRORISTES INTELLECTUELS MARXISANTS.
VOUS ÊTES ANTI-MARXISTE ?
QUAND ON EST BIEN DANS SA PEAU, ON NE PEUT PAS ÊTRE MARXISTE.
JE SUIS CONTRE TOUT CE QUI RISQUE DE DÉTRUIRE UNE SOCIÉTÉ OÙ JE SUIS BIEN DANS MA PEAU.
ÊTES-VOUS ÉGOÏSTE ?
MOI, ÉGOÏSTE ? PAS DU TOUT !
SEULEMENT, JE TROUVE PLUS NORMAL DE ME SENTIR SOLIDAIRE D'UNE COMMUNAUTÉ OÙ JE SUIS NÉ, QUI M'A NOURRI, DONNÉ UNE LANGUE, DES TRADITIONS, DES CROYANCES ET DES CERTITUDES QUE DE ME PRÉOCCUPER DU SORT DE CEUX QUI NE ME RESSEMBLENT PAS.
QUI NE VOUS RESSEMBLENT PAS ?
JE NE SUIS NI MISÉRABLE NI MARGINAL, NI NÈGRE NI JUIF, NI ARABE. JE SUIS FRANÇAIS ET CHRÉTIEN.
VOUS ÊTES RACISTE ?
PAS DU TOUT ! EST-CE RACISTE DE DIRE CE QU'ON EST PAS ?
QUEL EST, À VOS YEUX, VOTRE PRINCIPALE QUALITÉ ?
LA PUDEUR.
ET VOTRE PRINCIPAL DÉFAUT ?
LA PUDEUR.
WOLINSKI

Conversation

BONJOUR. PLAISANTERIES...
BISE BONHEUR
BISE JOIE
BONJOUR. PLAISANTERIES...
TRAVAIL LOISIR TENNIS ARGENT AUTO POLITIQUE SANTÉ SPORT
ENFANTS MAMAN. SOUVENIRS MAISON FRINGUES
ENFANTS MAISON BIJOUX SANTÉ MAMAN FRINGUES
AUTO VOYAGES TENNIS ARGENT LOISIRS BOÎTE SPORT
SITUATION PROBLÈMES HIER AUJOURD'HUI DEMAIN MATIÈRES PREMIÈRES CRISE
RECETTES ADRESSES ENFANTS PIPI CACA
SITUATION AVENIR PASSÉ PROBLÈMES CRISE FUITE EN AVANT
GUERRE COMMUNISME CAPITALISME BRÉSIL? U.S.A? VENEZUELA? SUISSE?
ACHETER MANTEAU SOULIERS RIDEAUX ENFANTS PIPI CACA
GUERRE SUISSE POGNON U.S.A VALISES TROUILLE
ENFANTS MAISON ÉCOLE MÉDECIN ENNUI SOLITUDE MÉDICAMENTS JALOUSIE CASSEROLES TÉLÉVISION FOLLE RIEN
ENFANTS MAMAN TÉLÉPHONE HOROSCOPE SOLITUDE SNIF MÉDICAMENTS JALOUSIE ENNUI AIGREUR
BITES, CUL, SUCEUSE CRAMOUILLE, CONNE, BANDAISON, BRAGUETTE, RAMONEUSE, MASSEUSE, FESSES, CULOTTES, SALOPES...
SALOPES, POUFIASSES CONNASSES BRANLEUSES LÉCHEUSES, BORDEL, POMPIER, LEVRETTE, 69, COCHONNE...
WOLINSKI

amusez-vous avec la couleur

TU NE M'AIMES PAS COMME JE SUIS
ÇA SE NETTOIE TRÈS BIEN
CE MÉLANGE DE COULEURS, ÇA ME REND MALADE!
FAIS COMME MOI, FERME LES YEUX
J'IMAGINAIS PAS QU'ON POUVAIT ÊTRE SI AMIES ENTRE FEMMES!
LES FLEURS, ÇA DOIT ÊTRE BLANC
IMPÉRATIVEMENT!
WOLINSKI

VACANCES À LA FERME

COCORICO!

LES FEMMES DÉCOUVRENT LE SEXE

OH, LE PETIT ROBINET

BONNES MANIÈRES

JE SUIS INFINIMENT HEUREUX ET HONORÉ DE POUVOIR APPROCHER UNE PERSONNE DONT LES MÉRITES M'ONT ÉTÉ CHANTÉS PAR BIEN DES ADMIRATEURS ENTHOUSIASTES. MAIS LEURS RÉCITS N'ONT CERTAINEMENT AUCUNE COMMUNE MESURE AVEC L'ÉBLOUISSANTE RÉALITÉ.
MA MODESTE DEMEURE DEVIENT UN PALAIS LORSQUE SON SOL EST FOULÉ PAR VOTRE PAS DÉCIDÉ. CE MOMENT VA ÊTRE GRAVÉ AU BURIN DANS MA MÉMOIRE.
PERMETTEZ-MOI, Ô SEIGNEUR, Ô VIRILITÉ FLAMBOYANTE, Ô HÉROS ROMANESQUE, DE VOUS OFFRIR UN SIÈGE. MES JAMBES, JE L'AVOUE, TREMBLENT.
VOTRE BONTÉ À MON ÉGARD M'ÉGARE. M'ASSEOIR PRÈS DE VOUS ÉTAIT MON RÊVE LE PLUS FOU
LA BRISE UN SOIR D'ÉTÉ SUR UNE TERRASSE AU BORD DE LA MER N'A PAS UNE PLUS EXQUISE FRAÎCHEUR QUE VOTRE HALEINE. VOTRE LANGUE EST COMME UNE PETITE VAGUE QUI VIENT INLASSABLEMENT MOURIR AU BORD DE VOS LÈVRES HUMIDES
LE FEU QUI BRÛLE MES JOUES ENVAHIT MON SANG. IL ME VIENT L'ESPOIR INSENSÉ QUE MOI, PAUVRE LAIDERON, JE PROVOQUE EN VOUS UN QUELCONQUE INTÉRÊT. PARDONNEZ MON OUTRECUIDANCE
LA MANIPULATION DES TEXTES LES PLUS SACRÉS NE M'A JAMAIS APPORTÉ UN AUSSI RELIGIEUX RECUEILLEMENT QUE L'ENIVRANT PALPAGE DE VOS DEUX FERMES MAMELLES À LA FORME EXQUISE
LA CHALEUR DE VOS MAINS FORTES ME PLONGE DANS UNE SORTE DE NIRVANA EXPECTATIF. JE ME DIS: « JUSQU'OÙ IRA-T-IL ? » DANS UN PREMIER TEMPS, ET DANS UN DEUXIÈME TEMPS: « POURVU QU'IL Y AILLE ! »
CERTAINS DÉTOURS DE L'AMAZONE OÙ LA PIROGUE DE L'EXPLORATEUR S'ENFONCE AVEC PRÉCAUTION ET PUIS SOUDAIN DÉBOUCHE SUR DES RAPIDES N'ONT PAS VOTRE HUMIDITÉ ET VOTRE ÉTROITESSE.
LA PIOCHE DE L'HOMME DE PEINE EN SUEUR, QU'IL EMPOIGNE AVANT DE L'ENFONCER DANS LA TERRE DÉFONCÉE, N'A PAS LA DURETÉ ET L'ÉTENDUE DE L'ÉPIEU MONSTRUEUX QUE VOTRE PANTALON ENSERRE COMME UN ÉCRIN
JAMAIS, DANS SON ENCLOS, VACHE NE FUT SAILLIE PAR UN AUSSI NOIR ET ÉCUMANT TAUREAU. BAVEZ, MONSIEUR, J'AI SOIF.
IL A PLU AUJOURD'HUI, ET CETTE HUMIDITÉ FAIT MONTER AUTOUR DE VOTRE CHARMANTE EFFERVESCENCE COMME UN BROUILLARD MATINAL EXALTANT, DE VOTRE JARDIN QUE JE BINE LA SUAVE ODEUR DE THYM ET DE SERPOLLET.
AH ! VOUS AVEZ SU ALLUMER LA MÈCHE. JE SENS QUE JE VAIS EXPLOSER, OH, HABILE ARTIFICIER ÇA Y EST J'EXPLOSE BOUM !
LE DÉTONATEUR A COMMUNIQUÉ LE FEU À LA CHARGE. J'EXPLOSE BOUM !
MERCI, CE FUT DU CECIL B. DEMILLE
MAIS SI, MAIS SI, JE N'OUBLIERAI JAMAIS CE GRANDIOSE FINAL
AH, VOUS AVEZ SU METTRE EN SCÈNE MES SENSATIONS AVEC UNE MAESTRIA ÉPOUSTOUFLANTE
JE N'ÉTAIS QU'UN PANTIN DONT VOUS TIRIEZ LES FICELLES
VOUS ÊTES TROP BONNE. IL N'Y A PAS DE QUOI...
JE VOUS DOIS TOUT
SANS BONS INTERPRÈTES, LE METTEUR EN SCÈNE S'ESCRIME POUR RIEN
ON SE TÉLÉPHONE UN DE CES JOURS ?
WOLINSKI

MONSIEUR, IL N'Y A PLUS DE POUVOIR.
C'EST L'ANARCHIE!
LES CORSES ET LES VIGNERONS TIRENT SUR LES C.R.S, PENDANT QUE LES CASSEURS ÉVENTRENT LES MAGASINS DE NOUVEAUTÉS. BIENTÔT LES CHEMINOTS BRÛLERONT LES SKIEURS DANS LES CHAUDIÈRES DES LOCOMOTIVES, LES MACHINISTES DE L'OPÉRA METTRONT LE FEU AUX ROBES D'ORGANDI DES INVITÉES DU PRÉSIDENT ET LES SOLDATS DU DÉFILÉ DU 14 JUILLET MITRAILLERONT LA TRIBUNE PRÉSIDENTIELLE EN MARCHANT DEVANT ELLE AU PAS CADENCÉ.
C'EST BEYROUTH! C'EST BEYROUTH!
LA FRANCE EST ENTRE LES MAINS D'UN MOU, QUI NE SAIT PAS CE QU'IL VEUT. LE LAISSER-ALLER EST DEVENU LA DOCTRINE OFFICIELLE. ON NE SANCTIONNE QUE CEUX QUI CRITIQUENT L'ABSENCE DE SANCTIONS. ON NE PUNIT QUE CEUX QUI VEULENT PUNIR LA VIOLENCE. ON NE RÉPRIME QUE CEUX QUI S'ÉLÈVENT CONTRE LE DÉSORDRE. ON NE JUGE QUE CEUX QUI VEULENT RENFORCER LA JUSTICE.
NOUS SOMMES TOMBÉS BIEN BAS.
LES ENFANTS SONT DÉSAXÉS, LES JEUNES SONT PAUMÉS, LES ADULTES SONT DÉBOUSSOLÉS, LES VIEUX SONT DÉLAISSÉS, LES MORTS SONT OUBLIÉS, ET LES FEMMES SONT DÉVERGONDÉES. MONSIEUR, LORSQUE L'AVENIR ÉTAIT SOMBRE, NOUS NE CONNAISSIONS PAS NOTRE BONHEUR, CAR À PRÉSENT, C'EST LE PRÉSENT QUI EST CATASTROPHIQUE.
ON EST DANS LA MÉLASSE JUSQU'AU COU
FAUDRA-T'IL QUE LES COMMUNISTES ARRIVENT AU POUVOIR POUR QUE NOTRE PAYS RETROUVE LE SENS DE L'ORDRE, DE LA DISCIPLINE, DE LA MORALE ET DE LA LÉGALITÉ, OU AURONS-NOUS ENFIN UN SURSAUT?
SI C'EST SALUTAIRE À LA FRANCE, TANT MIEUX. MAIS NOUS, ON NE VA PAS RIGOLER....
WOLINSKI

L'ARGENT NE VAUT PLUS RIEN
BUVEZ VOTRE PAYE

MONSIEUR.
NOUS AVONS ÉTÉ ÉLEVÉS DANS LA HANTISE DU GASPILLAGE.. MALHEUR À CELUI QUI OUBLIAIT UNE LAMPE ALLUMÉE. MA MÈRE TRICOTAIT ET DÉTRICOTAIT SEMPITERNELLEMENT LA MÊME LAINE. MES PANTALONS ÉTAIENT COUPÉS DANS LES VIEUX PANTALONS DE MON PÈRE QU'ON RETOURNAIT.
UN SOU, C'ÉTAIT UN SOU.
ON NE JETAIT RIEN CHEZ NOUS. ON NOUS RESSERVAIT LES RESTES DU REPAS JUSQU'À CE QU'IL N'Y EN AIT PLUS. IL N'Y AVAIT QUE LORSQUE NOUS ÉTIONS INVITÉS QU'ON NOUS RECOMMANDAIT D'EN LAISSER UN PETIT PEU DANS L'ASSIETTE. ET SURTOUT DE NE PAS SAUCER.
MÊME QUAND J'EN AVAIS ENVIE, IL NE FALLAIT PAS QUE JE REPRENNE DEUX FOIS DU GATEAU LORSQU'ON ÉTAIT CHEZ DES GENS.
IL N'Y A PAS DE MIRACLE, MONSIEUR, LA FRANCE EST DEVENUE UN PAYS RICHE PARCE QUE DES GÉNÉRATIONS DE FRANÇAIS SE SONT ABSTENUS DE REPRENDRE DEUX FOIS DU GÂTEAU.
VOUS CROYEZ QU'ON EST ENCORE UN PAYS RICHE?
PLUS POUR LONGTEMPS! CAR LES HÉRITIERS DE NOTRE PAYS SONT EN TRAIN DE DILAPIDER SA FORTUNE. ILS MÉPRISENT LEUR PASSÉ ET CRAIGNENT LEUR AVENIR. ALORS ILS VIVENT DANS LE PRÉSENT. LES LUMIÈRES ALLUMÉES, LE ROBINET D'EAU CHAUDE OUVERT. LES POUBELLES PLUS GARNIES QUE NOS GARDE-MANGER D'ANTAN.
C'EST TRISTE!
C'EST CATASTROPHIQUE! ET JE TREMBLE À LA PENSÉE DE CE QUE SERA LEUR VIEILLESSE. CAR NOUS, AU MOINS, NOUS VIVONS AVEC NOS SOUVENIRS DU PASSÉ, MAIS EUX, LEURS SOUVENIRS DU PASSÉ NE SERONT FAITS QUE DE CE QUE NOUS ESSAYONS D'OUBLIER EN NOUS SOUVENANT DU PASSÉ.
JE N'AVAIS JAMAIS PENSÉ QUE LES GENS POURRAIENT AVOIR UN JOUR NOTRE PRÉSENT COMME PASSÉ.

L'ÉCART ENTRE RICHES ET PAUVRES DIMINUE.

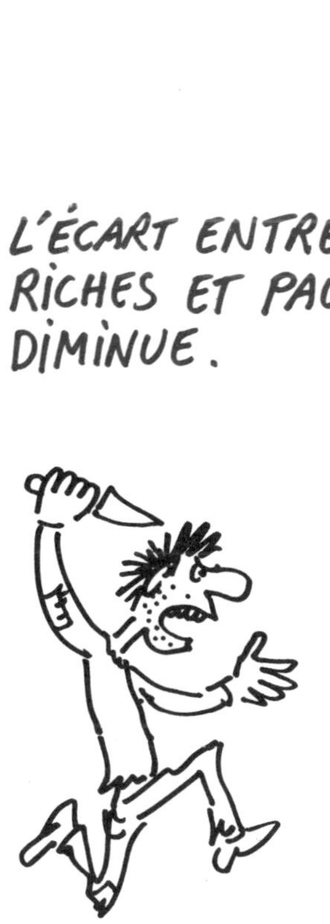

LE PRIX

VIEILLE ORDURE POURRIE! SI TU NE VOTES PAS POUR MON LIVRE, JE CHIE SUR TON PAILLASSON
C'EST PROMIS. D'AILLEURS, C'EST LE MEILLEUR
JEAN, JE N'IRAI PAS PAR QUATRE CHEMINS. VOILÀ LA MOITIÉ D'UN CHÈQUE. C'EST TOUT CE QUE J'AI. TU AURAS L'AUTRE MOITIÉ SI TU VOTES POUR MON AUTEUR
BIEN SÛR. D'AILLEURS, C'EST LE MEILLEUR
NON, C'EST PAS LE MEILLEUR. C'EST DE LA MERDE! C'EST ILLISIBLE. MAIS SI J'AI PAS LE PRIX, JE N'AI PLUS QU'À FERMER BOUTIQUE. JE SUIS AU BOUT DU ROULEAU, JEAN. FAIS-LE POUR SIMONE, SI CE N'EST PAS POUR MOI.
ALLÔ, CONNARD, JE TE PASSE QUELQU'UN... PAPA, C'EST MOI, ILS M'ONT ENLEVÉ. ILS DISENT QUE SI TU NE VOTES PAS POUR LEUR LIVRE, ILS ME VIOLENT ET ILS ME TUENT. PETIT PAPA CHÉRI, AU SECOURS!
...TU AS ENTENDU, CONNARD, TU SAIS CE QU'IL TE RESTE À FAIRE... ET NE PRÉVIENS PAS LA POLICE, SI TU TIENS À TA MERDEUSE...
JE FERAI CE QUE VOUS VOULEZ. D'AILLEURS, C'EST LE MEILLEUR
JEAN, JE SUIS PRÊTE À TOUT POUR QUE TU DONNES TA VOIX AU LIVRE DE FRANÇOIS. À TOUT...
DE TOUTE FAÇON, C'EST LE MEILLEUR. ATTENDS, JE FERME LA PORTE...
C'EST LE MOMENT DE RENVOYER L'ASCENSEUR. N'OUBLIE PAS QUE JE T'AI SAUVÉ LA MISE IL Y A DIX ANS!
JE NE PEUX RIEN TE REFUSER. D'AILLEURS, C'EST LE MEILLEUR
SALAUD! COMME D'HABITUDE, TU AS VOTÉ POUR TA MAISON.
CRAPULE! VENDU!
MONSTRE! QUAND JE PENSE QUE TU M'AS TOUCHÉE AVEC TES SALES PATTES!
TU NE L'EMPORTERAS PAS EN PARADIS
JE SAIS, CE N'ÉTAIT PAS LE MEILLEUR. MAIS AU 6e TOUR, IL FALLAIT BARRER LA ROUTE À LA MAGOUILLE.
ADIEU, TA FILLE, CONNARD!
WOLINSKI

AU BOULOT, CHIENS!

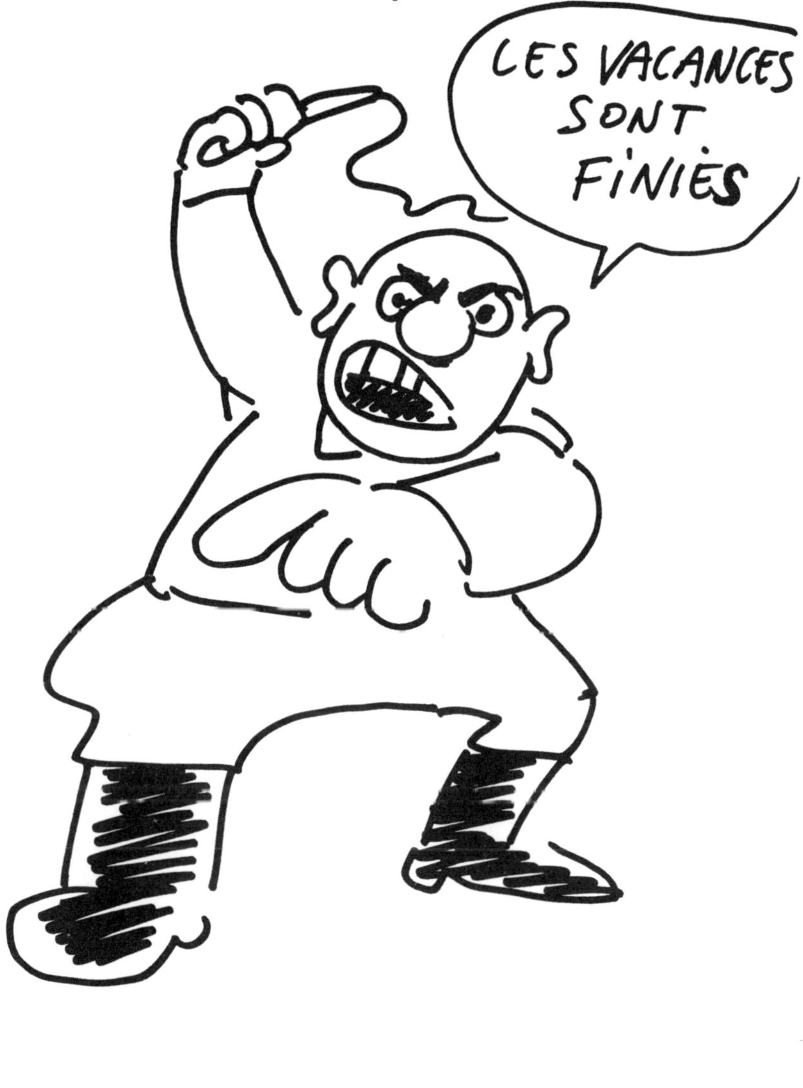
LES VACANCES
SONT
FINIES

HIT PARADE

JE FAIS UN SONDAGE POUR SAVOIR CE QUE LES GENS PENSENT DE MOI.
QUI ÊTES-VOUS ?
JE NE SUIS PAS QUELQU'UN DE CONNU. PUIS-JE VOUS POSER QUELQUES QUESTIONS ?
MAIS À QUOI CELA VOUS SERVIRA-T-IL ?
A SAVOIR CE QUE LES GENS PENSENT DE MOI, JE VOUS L'AI DÉJÀ DIT.
JE NE VOUS CONNAIS PAS, QUE VOULEZ-VOUS QUE JE PENSE DE VOUS ?
C'EST CE QUI M'INTÉRESSE. JE SAIS TRÈS BIEN CE QUE LES GENS QUI ME CONNAISSENT PENSENT DE MOI. MA PREMIÈRE QUESTION, C'EST : COMMENT ME TROUVEZ-VOUS ? PLUTÔT BEAU, PLUTÔT INSIGNIFIANT OU PLUTÔT MOCHE ?
AH ! AH ! AH ! PLUTÔT MOCHE.
AI-JE L'AIR D'UN SALE TYPE, D'UN DRÔLE DE TYPE OU D'UN TYPE PAS MAL ?
D'UN DRÔLE DE TYPE.
LAQUELLE DE CES PROFESSIONS PENSEZ-VOUS QUE J'EXERCE : PRÉSIDENT DE LA RÉPUBLIQUE, DANSEUR, EMPLOYÉ DE BANQUE, P.D.G OU BALAYEUR ?
EMPLOYÉ DE BANQUE.
SI VOUS ME RENCONTRIEZ SEULE LE SOIR DANS LA RUE, CHANGERIEZ-VOUS DE TROTTOIR, VOUS METTRIEZ-VOUS À COURIR OU ME DEMANDERIEZ-VOUS DE VOUS RACCOMPAGNER CHEZ VOUS POUR VOUS PROTÉGER ?
LA NUIT, TOUS LES HOMMES ME FONT PEUR...
JE MARQUE : « SANS OPINION »

PENSEZ-VOUS QUE VOUS POURRIEZ AVOIR AVEC MOI UNE AVENTURE DURABLE, UNE AVENTURE SANS LENDEMAIN, PAS D'AVENTURE DU TOUT ?
PAS D'AVENTURE DU TOUT.
ME CROYEZ-VOUS RICHE, AISÉ, FAUCHÉ ?
JE NE SAIS PAS, MAIS DITES-MOI : OÙ VOULEZ-VOUS EN VENIR, À QUOI CELA VOUS SERT-IL DE SAVOIR TOUT ÇA ?
C'EST TRÈS IMPORTANT POUR MOI
POURQUOI ?
PARCE QUE JE VEUX SAVOIR SI CE QUE J'AI L'AIR D'ÊTRE CORRESPOND À CE QUE JE SUIS.
ET APRÈS ?
IL Y A TROIS POSSIBILITÉS : JE SUIS MIEUX QUE J'EN AI L'AIR, PIRE QUE J'EN AI L'AIR, OU JE SUIS CE QUE J'AI L'AIR D'ÊTRE.
ET ALORS, QU'EST CE QUE CELA CHANGERA POUR VOUS DE LE SAVOIR ?
RIEN ! ENCORE UNE QUESTION...
SI JE ME JETTE SUR VOUS POUR VOUS VIOLER, SEREZ-VOUS TRÈS SURPRISE, À MOITIÉ SURPRISE OU PAS SURPRISE DU TOUT ?
PAS SURPRISE DU TOUT.
TRÈS BIEN, JE VOUS REMERCIE, MADAME.
AAARGH
AU SECOURS ! AU VIOL !
LAISSE-TOI FAIRE OU JE T'ÉTRANGLE !
BRAVO !
CLAP
CLAP
CLAP
PAS MAL, MAIS UN PEU BAVARD POUR UN SPECTACLE PORNO.
NE TE PLAINS PAS ! IL Y A DES SOIRS OÙ IL NE LA BAISE MÊME PAS !
THÉÂTRE ÉROTIQUE
WOLINSKI

LA VERITÉ SUR LES SALONS DE MASSAGE A MOSCOU.

C'EST BALALAÏKA, CAMARADE ?
DA

LE CHOIX HISTORIQUE

JE SENS QUE JE VAIS L'AVOIR DANS LE CUL

POM POM POM POM POM POM POM POM
TU ME FATIGUES AVEC TA 5e DE BEETHOVEN !

MON CORPS EST À MOI

VAUDEVILLE

ROBERT, JE T'AIME.
MOI AUSSI JE T'AIME, IDIOT!
OUI, MAIS TOI, TU M'AIMES COMME UN AMI MOI, JE T'AIME PHYSIQUEMENT.
ÇA, C'EST LE TRUC À PROBLÈMES!
LA NUIT JE RÊVE DE TOI. QUAND JE CARESSE SOLANGE C'EST À TOI QUE JE PENSE.
QUAND ON A LA CHANCE D'AVOIR UNE FEMME COMME SOLANGE...
AH! POURQUOI FAUT-IL QUE LA SOCIÉTÉ NOUS SÉPARE...
SNIF
FINALEMENT, TU M'EMMERDES!
SALUT LES HOMMES, ÇA VA?
ROBERT EST TRÈS MÉCHANT AVEC MOI
UHU UHU
BONJOUR, SOLANGE
ROBERT, TU DEVRAIS ENCULER GEORGES. ÇA LUI FERAIT TELLEMENT PLAISIR!
AH, TU VOIS!
AH, C'EST COMME ÇA!
VOUS EN FAITES BIEN DES HISTOIRES POUR PAS GRAND-CHOSE!
ALLEZ! FOUS-TOI À QUATRE PATTES, IMBÉCILE!
DIS-LE MOI GENTIMENT, SINON JE NE POURRAI PAS
WOLINSKI

VIVEMENT DIMANCHE !

LES MAGASINS OUVERTS DIMANCHE. BEAU TRAVAIL ! MA FEMME ME FOUTRA UNE PAIX ROYALE...
TRAVAIL DU DIMANCHE

Du travail le dimanche, notre ministre
du travail a ouvert le dossier sinistre.

CRÈCHE, ÉCOLE, BUS, MÉTRO, MAGASIN. JE DEVIENS FOLLE, CHÈVRE, ABRUTIE, ZINZIN !
CRÈCHE
MÉTRO

Tous les jours, malheureuses, elles se magnent
dans le métro, dans le bus, vers le bagne.

SA SEMAINE, C'EST POUR LE TURBIN ; LE DIMANCHE, C'EST POUR NOS BAMBINS !

Travailleuses ! allez-vous laisser les rapaces
sur vos heures de repos faire main basse ?!!

NON AU TRAVAIL DOMINICAL ! TANT PIS POUR VOTRE SALE CLIQUE !
JE SENS SOUS LA MAIN SYNDICALE UN ARRIÈRE-POIL POLITIQUE.

le dimanche, mais c'est sacré, c'est capital !
Salauds ! pas touche au repos dominical !

LA SEMAINE ON NE CESSE DE COURIR !
ALORS LE DIMANCHE, VOUS POUVEZ COURIR !
WOLINSKI

Contre la décision inhumaine,
elles protestent toute la semaine.

ET DIRE QU'ILS VOULAIENT, LES SALAUDS, DIMANCHE TE FOUTRE AU BOULOT !

Victoire ! Elles ont gagné le combat social !
Grande victoire aussi pour leurs mâles.

LE CADRE A DU VAGUE Ā L'AME...

MONSIEUR, VOUS ÊTES UN CON QUI FABRIQUE DES CHOSES CONS POUR UN PUBLIC DE CONS.
TROP DE LUCIDITÉ, MONSIEUR, MÈNE À LA MENDICITÉ, MONSIEUR.

le cadre veut vivre sa vie.
Au patron, il donne son avis.

JOYEUX SUR UN DIVAN...
...TOUT ÇA C'EST DU VENT!
...EN CROQUANT DU CHOCOLAT...
ET QUI PAIERA? OH, LA'LA'!..
JE LIS "CHARLIE-MENSUEL"
...LA MACHINE À LAVER LA VAISSELLE?

Morose, le cadre ne croit plus au pouvoir.
Aux chiottes, les dossiers qu'on emmène le soir!

DANS MON BUREAU, À "LA DÉFENSE", INHUMAIN! AVEC DE L'HERBE, JE ME DÉFONCE, C'EST HUMAIN!

Se battre pour quoi? Pour qui?
Pour cette entreprise riquiqui?

DEBOUT, LES MORTS! IL FAIT BEAU DEHORS!

Conférences, secrétaires, séminaires,
Plein le cul! Ils ne peuvent plus se taire.

VOUS NE DEVRIEZ PAS ACHETER NOS PRODUITS, C'EST DE LA MERDE!
NOUS PRODUISONS TOUS DE LA MERDE, AVEZ-VOUS LES MOYENS DE M'ACHETER?

Peut-on rêver de soleil, de sable, d'amour,
quand la concurrence rôde aux alentours?

POUR CEUX QUI NE JOUENT PAS LE JEU, AU NOM DU SYSTÈME, « EN JOUE, FEU! »
ÇA NE RIME À RIEN.
WOLINSKI

Des jeunes loups l'indécente démission
menace la société de consommation.
Du vague à l'âme surmontons la crise!
Fusillons un cadre par entreprise!

MONSIEUR, IL FAUT DIX JOURS DE REVENUS AUX ARABES POUR ACHETER LES CHAMPS-ÉLYSÉES, Y COMPRIS LES PETITES VENDEUSES, LES DACTYLOS, LES SERVEUSES, ET LES OUVREUSES DE CINÉMA.
DIX JOURS! C'EST TOUT?
OUI, MONSIEUR, JE L'AI LU DANS UN "EXPRESS" QUI TRAÎNAIT CHEZ MON DENTISTE. JE N'Y REMETTRAI D'AILLEURS PLUS LES PIEDS! DIX JOURS! ET HUIT MINUTES POUR ACHETER LA TOUR EIFFEL
QUAND JE PENSE QUE JE N'Y SUIS JAMAIS MONTÉ...
DÉPÊCHEZ-VOUS, ALORS, AVANT QUE LE MUEZZIN NE VIENNE Y PSALMODIER TOUS LES SOIRS AU DESSUS DES PARISIENS APLATIS
J'IRAI DIMANCHE, MAIS VOUS N'EXAGÉREZ PAS UN PEU?
L'OCCIDENT EST À VENDRE, MONSIEUR, C'EST UNE AFFAIRE DE PÈRE DE FAMILLE! NOTRE ÉCONOMIE PREND LA DIRECTION DE LA MECQUE AH!AH!AH!
C'EST CURIEUX, ÇA A L'AIR DE VOUS AMUSER...
ON LEUR FERA CRACHER LEUR PÉTROLE À COUPS DE CANONS! LA GUERRE EST IMMINENTE, MONSIEUR. JE LE SENS DANS MES OS!
C'EST MAUVAIS CE TEMPS-LÀ, ON A DES DOULEURS PARTOUT.
WOLINSKI

TIREZ SUR LES JEUNES

MILICE COMMUNALE
C'EST POUR TON BIEN

FAITES DU PÉTROLE AVEC LES ORDURES.

ÇA SERA PAS DU SUPER

DE L'ESSENCE DANS LA MER?

VA CHERCHER

IL Y A UN CRÉNEAU.

JE VEUX DU GÉNIE!
IL FAUT S'ÉCLATER, SE DÉFONCER, ÊTRE PAROXYSMIQUE! NE PAS AVOIR PEUR DE L'ENFLURE, DU DÉMESURÉ, DE L'HYSTÉRIQUE, DU SCANDALEUX, DU MALADIF, ..
DE L'IMPUDIQUE, DU POURRI, DU VICELARD, ET MÊME ... DU DÉGUEULASSE! LES GENS SONT SUR-SUR-SATURÉS D'INCROYABLE. IL FAUT LES BAISER!
IL FAUT QU'ILS PRENNENT LEUR PIED COMME DES BÊTES, QU'ILS MOUILLENT LEURS SLIPS! IL FAUT QUE CHAQUE PAGE DE NOTRE JOURNAL SOIT MAI 68, APOCALYPSE NOW, SINGING IN THE RAIN, LE SACRE DE BOKASSA ET LE TAMBOUR. MERDE! C'EST PAS DIFFICILE, MERDE!
IL FAUT LEUR FOUTRE UN DYSNEY LAND DANS LA GUEULE ET UN WATERGATE DANS LE CUL!
JE VEUX DES INFARCTUS DANS CETTE ÉQUIPE DE MERDE! JE VEUX DE LA HAINE, JE VEUX DES CRISES DE NERF, DES LUTTES INTESTINES, DES COUPS DE PIED EN VACHE, SINON JE NE RÉPONDS PLUS DES SALAIRES. JE METS LA CLEF SUR LA PORTE, JE RÉSILIE MON BAIL. VOUS IREZ POINTER DANS VOS BANLIEUES DE MERDE! VOUS SAVEZ QUI ON A EN FACE DE NOUS? C'EST DES CHIENS, DES REQUINS, DES CHACALS! NOUS, IL FAUT QU'ON SOIT DES LIONS! MERDE! LES PLACES SONT CHÈRES, LE CRÉNEAU EST MINUSCULE. IL FAUT L'ATTAQUER AU BAZOOKA, AU NAPALM, AU LANCE-MISSILES. IL Y AURA DES MORTS!
C'EST LA GUERRE, MERDE!
À PRÉSENT, GUYSLAINE MA CHÉRIE, QU'AS-TU À ME PROPOSER POUR LE PROCHAIN TRICOT-DIMANCHE HEBDO?
UN MODÈLE TRÈS ANIMÉ DE LOSANGES TON SUR TON, COULEUR CHAIR OBSESSIONNELLE. NOUÉ SUR LES ÉPAULES PAR DEUX NOEUDS. TRÈS PORNO. RÉSERVÉ AUX ÉPOUSES UN PEU PUTAINS
PARFAIT!
WOLINSKI

LES HOMMES AUSSI SONT CONCERNÉS
DES ENFANTS SI JE VEUX QUAND JE VEUX
J'AI BEAUCOUP RÉFLÉCHI. À PARTIR DE MAINTENANT, NOUS PRENDRONS TOUTES LES DÉCISIONS IMPORTANTES ENSEMBLE
POURQUOI? JE N'AI PAS BESOIN DE TON AVIS!
JE PEUX FAIRE TOUT CE QUE FAIT UN HOMME
FAIS-MOI UN PETIT ENFANT!
CHÉRIE, JE SUIS SOLIDAIRE DE VOTRE LUTTE
PARFAIT. DESCEND LA POUBELLE.
CE QU'IL Y A DE BIEN AVEC LES GONZESSES, C'EST QUE ÇA S'ARRANGE TOUJOURS AU LIT
C'EST TELLEMENT PLUS CHOUETTE QUAND ON L'A DÉSIRÉ!
PAS VRAI, LES MIGNONNES?
PHALLOSKI

MON ŒIL

DANS LES BARS DE GÊNES ON M'APPELAIT "LE FRANÇAIS". À MARSEILLE, C'ÉTAIT "LE RITAL". À VARSOVIE, J'ÉTAIS "L'ARABE". À BANGKOK, "LE MARÉCHAL", À CAUSE DE MES DÉCORATIONS. C'ÉTAIT PENDANT LA CORÉE. J'AI ENCORE LE MOUCHOIR QUE M'AVAIT BRODÉ LA PETITE KIM. L'ENFANT QUE JE LUI AI FAIT DOIT AVOIR 13 ANS AUJOURD'HUI. J'AI CONNU LES TERRASSES DONNANT SUR LE PARC, LA SENTEUR DES MAGNOLIAS, LES FEMMES AUX COUS DE CYGNE, LE CHAMPAGNE, LES VIOLONS, LE CAVIAR, LA MIGRAINE EN PYJAMA DE SOIE, LES PARIS STUPIDES, LES DÉPARTS DANS UN FOU-RIRE POUR VALPARAISO, PALERME OU NEW YORK SANS MÊME UNE BROSSE À DENTS, SANS UN SOU DANS LES POCHES DU COSTUME DE FLANELLE UN PEU FROISSÉ. PARTOUT, DES COURBETTES PAR DES GENS EXERCÉS À SAVOIR QUI COUPE LES VESTES, FAIT LES CHEMISES SUR MESURES, CHAUSSE PAR CORRESPONDANCE, NUMÉROTE LES MONTRES. J'AI DÉCOUVERT QU'ON PAYAIT LES RICHES POUR FRÉQUENTER LES ENDROITS OÙ LES PAUVRES PAIENT POUR ALLER VIVRE COMME DES RICHES. DES AMIS EN SUISSE, DES RELATIONS À BOSTON, DES AMOURS EN ITALIE, DES AFFAIRES À MOSCOU, DES NUITS À BOIRE, À PARLER, À BOIRE, À PARLER DE MOI, DE MOI, DE MOI, DES ENFANTS DONT JE CARESSE LA JOUE ENTRE DEUX DIVORCES, DU MYSTÈRE DE LA MORT DE MON PÈRE, DE MA MÈRE MORTE FOLLE, DE MA SOEUR MARIÉE AVEC CE CHIEN PUANT DE MILLIARDAIRE DÉGUEULASSE QUE J'AI MANQUÉ FOUTRE À LA BAILLE DU HAUT DE SON YACHT AVEC SA CASQUETTE ET SON BLAZER. LA PRÉVISION DE LA PAYSANNE PÉRUVIENNE AU VISAGE MANGÉ PAR LES RIDES. NON! NON! JE CRIE DANS LA NUIT, JE SUIS EN SUEUR, JE SUIS UN PETIT ENFANT. IL FAUT ME FAIRE DES PETITES BISES: «N'AIT PAS PEUR, MON PETIT» ALORS JE ME RENDORS, APAISÉ, LA MAIN SUR LE SEIN DE LA PUTAIN QUE J'AI PAYÉE POUR M'ÉCOUTER. LE LENDEMAIN, LORSQU'ELLE SE RÉVEILLE, J'AI DISPARU AVEC SON FRIC.
QUAND BUDAPEST ÉTAIT EN RÉVOLTE, J'ÉTAIS DANS LE VIEUX PALACE OÙ IL Y A UNE PISCINE QUI FAIT DES VAGUES ARTIFICIELLES, LES SEULES VAGUES DE HONGRIE. J'AI CONNU AMIN DADA LORSQU'IL CIRAIT LES BOTTES DES OFFICIERS ANGLAIS. À DIEPPE, ON M'APPELAIT L'ARISTO PARCE QUE MA SALOPETTE AVAIT TOUJOURS UN PLI IMPECCABLE, MAIS ON ME RESPECTAIT, DEPUIS QUE J'AVAIS ESTROPIÉ LE GRAND RENÉ. LE BRUIT, LA SUEUR, LES CADENCES INFERNALES, LES CHAMBRES SORDIDES, LE LINGE QUI PUE ET LE ROUGE QUI TACHE. LES DIMANCHES OÙ ON DORT ÉPUISÉ, LE MATCH DE FOOT À FOND SUR LE TRANSISTOR. LES GRANDES GRÈVES, J'ÉTAIS TOUJOURS DEVANT, PRÊT POUR LA CASTAGNE. FAIS GAFFE, LES C.R.S T'ONT REPÉRÉ! JE M'EN FOUS! ET PUIS, UNE NUIT, LA CADILLAC BLANCHE S'EST ARRÊTÉE SILENCIEUSEMENT DEVANT L'HOTEL DES DOCKS. UNE FEMME TRÈS BELLE, REGARDANT LES HOMMES EN FACE, M'A DEMANDÉ AU BAR À LA PETITE SERVANTE QUI A PÂLI. ELLE LUI A SOURI AVEC UNE IRONIE AFFECTUEUSE. J'AI PRIS LE VOLANT DE LA LIMOUSINE ET J'AI QUITTÉ LA VILLE, LES DIAMANTS DE SA PETITE MAIN SOIGNÉE CRISPÉS SUR MON SEXE DUR COMME UNE BARRE À MINE. J'AI CONNU GISCARD AU KENYA, DRÔLE DE NUMÉRO! J'ÉTAIS À LA TOUR LE SOIR OÙ ON S'ARRACHAIT LES PORTEFEUILLES EN CROYANT QUE MITTERRAND PASSERAIT. J'AI QUITTÉ LE PARTI EN MAI 68, ENFIN, C'EST CE QU'ON CROIT. LA POLITIQUE NE ME TENTE PLUS. CE QUE J'AIME, C'EST TIRER LES FICELLES. CEUX QUI ONT BESOIN DE MOI SAVENT OÙ ME TROUVER. LES ARMES ONT ÉTÉ LIVRÉES AU PETIT MATIN AUX BARBUS EN BATTLE-DRESS AMIDONNÉS PAR LEUR MAMAN. LEURS CROIX D'OR BLOTTIES DANS LES POILS FRISÉS DE LEURS POITRINES. IL M'AVAIT SUFFI D'UN COUP DE TÉLÉPHONE À ZURICH ET D'UN VOYAGE À ZAGREB. JE LES AI VU REPARTIR, SUR LE PONT DE L'AVISO, VERS LEURS MORTS À LA CON. ET PUIS JE SUIS RETOURNÉ DANS LE CARRÉ PLUMER LES OFFICIERS AU POKER. MA VIE RESSEMBLE AU ROMAN QUE J'ÉCRIRAI UN JOUR...
ÉCOUTE, POUR UNE FOIS QU'IL Y A GODARD À LA TÉLÉ, LAISSE-MOI L'ÉCOUTER.
SURTOUT QUE TES HISTOIRES, JE LES CONNAIS PAR COEUR.
WOLINSKI

DERNIÈRES VACANCES CAPITALISTES

TOUT SUR LE ROUGE

LES DROGUÉS REFUSENT LA VIGNETTE

ALEXANDRE

JE VOUS PRÉSENTE ALEXANDRE, MON OISEAU DRESSÉ
ALEXANDRE EST UN OISEAU EX-TRA-OR-DI-NAI-RE !
IL EST DRESSÉ À NE PAS VOLER
SI ON LE JETTE EN L'AIR...
TSAN TA TA TSAN TSAN TA TA TSAN TSAN...
IL RETOMBE COMME UNE PIERRE !
BOM BOM BOM BOM BOM
BAM !
PAF !
BRAVO, ALEXANDRE !
VOUS POUVEZ L'APPLAUDIR, IL LE MÉRITE !
WOLINSKI

LA GRANDE COUPABLE

CETTE FEMME S'EST RENDUE COUPABLE ENVERS NOTRE SOCIÉTÉ DU CRIME LE PLUS HORRIBLE QUE L'ON PUISSE IMAGINER !
MONSTRE D'ÉGOÏSME, ELLE NOUS MÈNE AU DÉCLIN, À LA RÉGRESSION, À LA FAILLITE. BIENTÔT, NOUS VERRONS DANS LES ÉCOLES DÉSERTES 35 PÉDAGOGUES SE DISPUTER POUR FAIRE LA CLASSE À UN ENFANT.
NOUS VERRONS, TELS DES LOUPS, DES BANDES HURLANTES DE RETRAITÉS ASSAILLIR LES CAISSES DE RETRAITE VIDES. NOUS VERRONS DES FOULES DE VIEILLARDS ÉDENTÉS SE PRESSER DANS LES STADES OU DES FOOTBALLEURS SEXAGÉNAIRES CLOPINERONT DERRIÈRE LE BALLON.
ET TOUT ÇA POURQUOI ? PARCE QU'ELLE NE PENSE QU'A SON "PETIT BONHEUR"...
PARCE QU'ELLE VEUT "VIVRE". PARCE QU'ELLE SE REFUSE À SUIVRE LA DOUCE PENTE NATURELLE DE SON DESTIN. "MON VENTRE M'APPARTIENT," OSE-T-ELLE DIRE EN CROQUANT SES INFAMES PILULES !
NON, MADAME ! VOTRE VENTRE NE VOUS APPARTIENT PAS ! VOTRE VENTRE APPARTIENT À LA PATRIE À QUI VOUS REFUSEZ UN TROISIÈME ENFANT ET AU NOM DE LAQUELLE JE RÉCLAME POUR VOUS UN CHÂTIMENT EXEMPLAIRE !
LA PAROLE EST À LA DÉFENSE.
QU'A-T-ON FAIT POUR DONNER L'AMOUR DE LA FAMILLE AUX JEUNES GENS D'AUJOURD'HUI ? MA CLIENTE EST MARIÉE À UN HOMME SANS CARACTÈRE QUI N'A PAS SU ÊTRE UN "PATER FAMILIAS" ET QUI A DÉMISSIONNÉ APRÈS AVOIR PROCRÉÉ DEUX PETITS MISÉRABLES...
C'EST AUX POUVOIRS PUBLICS D'INCULQUER AUX JEUNES FILLES QUE LE SORT LE PLUS ENVIABLE EST D'ÊTRE MÈRE AU FOYER. SUPPRIMONS L'INSTRUCTION OBLIGATOIRE POUR LE SEXE AIMABLE ET IL PENSERA MOINS À PRENDRE AUX HOMMES LES PLACES QUI LEUR REVIENNENT !
ALORS C'EST AVEC JOIE QU'ELLES S'OUVRIRONT, PALPITANTES, À LA SEMENCE DU MÂLE QUI LES FÉCONDERA COMME ON PORTE UN DRAPEAU !
LE TRIBUNAL, APRÈS AVOIR DÉLIBÉRÉ, CONDAMNE L'ACCUSÉE À ÊTRE ENGROSSÉE. LA SENTENCE SERA EXÉCUTÉE SÉANCE TENANTE PAR UN PELOTON DE SOLDATS VOLONTAIRES
DANS LES FOSSÉS DU FORT DE VINCENNES
PITIÉ !
SOYEZ COURAGEUSE, MON ENFANT
WOLINSKI

FEUX DE FORÊT.

LES CIGALES TRANSFORMÉES EN MERGUEZ

CRI
CRI

NON À L'ACHARNEMENT THÉRAPEUTIQUE

IL N'A PAS SOUFFERT

UNE BELLE HISTOIRE

GRAND-PÈRE ! GRAND-PÈRE ! RACONTE-NOUS UNE HISTOIRE !
APPROCHEZ MES TOUT PETITS
EN CE TEMPS-LÀ, LA FRANCE N'ÉTAIT PEUPLÉE QUE DE FIERS PAYSANS, DE ROBUSTES MONTAGNARDS, DE SOLIDES MARINS, DE FONCTIONNAIRES ZÉLÉS, DE MÈRES PROLIFIQUES, DE PURES JEUNES FILLES ET DE SOLDATS HÉROÏQUES
LES FRANÇAIS ALLAIENT À LA MESSE TOUS LES DIMANCHES, LES PATRONS ÉTAIENT AIMÉS DE LEURS EMPLOYÉS, LES DOMESTIQUES SERVAIENT TOUTE LEUR VIE LA MÊME FAMILLE, LA RICHESSE, COMME LA MISÈRE, ÉTAIENT HÉRÉDITAIRES ET NUL NE SONGEAIT À S'EN PLAINDRE. C'ÉTAIT LE BON TEMPS !
HÉLAS ! D'ALLEMAGNE, DE RUSSIE, DE POLOGNE...
DE POLOGNE, COMME LE PAPE !
EUH... C'EST PAS PAREIL !
DE RUSSIE, D'ALLEMAGNE, DE POLOGNE, DISAIS-JE, ET AUSSI D'AUTRES PAYS OÙ ON VIVAIT DANS LE FUMIER DÉFERLA SUR NOTRE DOUCE FRANCE, COMME DES RATS SORTANT DES ÉGOUTS, UNE RACE IMMONDE DE CRÉATURES BESTIALES NOMMÉES "LES JUIFS".
POURQUOI ON LES A PAS TUÉS
ATTENDS, ATTENDS, CHER PETIT, PAS SI VITE !
D'ABORD, IL FAUT QUE VOUS SACHIEZ QUE LE JUIF EST TRÈS MALIN, ET QUE NOUS AUTRES, FRANÇAIS, SOMMES TROP GÉNÉREUX, CONFIANTS ET GÉNÉREUX. NOUS AVONS LAISSÉ ENTRER CHEZ NOUS LA POURRITURE JUIVE.
PARTOUT, DANS LA PRESSE, L'ÉDITION, LE COMMERCE, LA POLITIQUE, LA MUSIQUE, LA MODE, LA BANQUE, LE COMMERCE. PARTOUT !
PARTOUT OÙ ON POUVAIT S'ENRICHIR SANS SE FATIGUER, ILS ONT GLISSÉ LEURS MAINS MOITES, LEURS DOIGTS CROCHUS, LEURS CHEVEUX CRÉPUS, LEURS POILS FRISÉS, LEURS CULS BAS, LEUR PARLER CAUTELEUX, LEURS LÈVRES PENDANTES, LEUR REGARD OBSCÈNE, LEUR INTELLIGENCE MALADIVE ET LEUR SEXE CIRCONCIS
HEUREUSEMENT, VOTRE GRAND-PÈRE VEILLAIT !
BRAVO, PÉPÉ !
ZORRO EST ARRIVÉ !
LA FRANCE, MINÉE DE L'INTÉRIEUR PAR LA GANGRÈNE JUIVE, AVAIT DÛ S'INCLINER DEVANT LA FORCE IRRÉSISTIBLE DES SOLDATS HITLÉRIENS
POP
AVEC D'AUTRES "BONS FRANÇAIS", NOUS PENSÂMES QU'IL N'ÉTAIT PAS TROP TARD POUR ESSAYER D'EXTIRPER LE MAL QUI NOUS INFESTAIT. PAR TRAINS ENTIERS, NOUS LES AVONS RENVOYÉS DANS LEURS PAYS D'ORIGINE. LÀ-BAS, ON LES A MIS DANS DES CAMPS POUR LES ÉPOUILLER, ET POUR ÉVITER QU'ILS NE CONTAMINENT PAS LA POPULATION
BIEN FAIT !
BIEN FAIT !
MALHEUREUSEMENT, ILS AVAIENT INFESTÉ AUSSI L'AMÉRIQUE ET L'ANGLETERRE
OH !
NOUS NE PÛMES TOUS LES ÉLIMINER. VOTRE GRAND-PÈRE EUT À SOUFFRIR DE LEUR VENGEANCE...
PAUVRE PÉPÉ !
LES JUIFS M'ONT POURSUIVI DE LEUR HAINE. J'AI ÉTÉ INSULTÉ, J'AI DÛ M'EXILER, ON M'A PRIVÉ DE MES DROITS DE CITOYEN, MOI QUI N'AI JAMAIS PENSÉ QU'À MON PAYS !
QUAND JE SERAI GRAND, JE TUERAI LES JUIFS !
MOI AUSSI !
AH, JEUNESSE, JEUNESSE ! VOUS ÊTES MON SEUL ESPOIR...
WOLINSKI

SALAUD DE CRÉPAX !

CE QUE C'EST BEAU, CES DESSINS DE CRÉPAX !
C'EST TRÈS BEAU
Emmanuelle
HOU! HOU! SI TU VOYAIS CE QU'ELLE FAIT AVEC SA COPINE !
C'EST VRAIMENT TRÈS BEAU
Emmanuelle
TU AS DÉJÀ FAIT DES TRUCS COMME ÇA AVEC TES COPINES ?
JE N'AI PAS DE COPINES. JE N'AI QUE DES AMIES
ET LÀ, TU AS VU LES DESSINS OÙ ELLE SE CARESSE ?
Emmanuelle
C'EST TRÈS BEAU
TU NE TE CARESSES JAMAIS, TOI ?
TU ES BÊTE !
QUAND ON VOIT ÇA, ON SE DIT QU'ON NE FAIT PAS ASSEZ DE CHOSES...
QUELLES CHOSES ?
Emmanuelle
IMAGINE QU'ON PRENNE UN TAXI ET QUE JE TE DEMANDE DE FAIRE UNE PIPE AU CHAUFFEUR. TU LE FERAIS ?
N'IMPORTE QUOI !

OU ALORS QUE JE LE SODOMISE PENDANT QU'IL TE PÉNÈTRE
TOI! JALOUX COMME TU ES!
C'EST ÇA QUI EST EXCITANT, JE SUIS JALOUX.
POURQUOI? TU TROUVES QU'ON NE FAIT PAS BIEN L'AMOUR, TOUS LES DEUX?
J'AI PAS DIT ÇA.
MAIS...
VIENS AVEC MOI!
OÙ?
TU VERRAS
TAXI
TAXI
ALLEZ VERS LE BOIS
AU BOIS, VOUS VOUS ARRÊTEREZ ET JE VOUS FERAI UNE PIPE POUR FAIRE PLAISIR À MON MARI
ARRÊTE! JE T'EN PRIE
ENSUITE, VOUS ME BAISEREZ PENDANT QU'IL VOUS SODOMISERA. C'EST BIEN ÇA, CHÉRI?
SALOPARDS! DÉGUEULASSES! POURRITURES!
C'EST MALIN!
WOLINSKI

IL Y A DES JOURS COMME ÇA...

CHÉRIE, PEUX-TU ME FAIRE UNE CARESSE BUCCALE?
PEUX PAS, J'AI UN APHTE
DANS CE CAS, PEUT-ÊTRE POURRIONS-NOUS BAISER?
JE LES AI
DANS CES CONDITIONS, PUIS-JE TE SODOMISER?
AVEC MES HÉMORROÏDES!
ALORS VOIS-TU UN INCONVÉNIENT À ME BRANLER?
TU SAIS BIEN QUE JE ME SUIS FOULÉ LE PETIT DOIGT
BON, EH BIEN, TANT PIS. JE VAIS FAIRE UN TOUR POUR ME CHANGER LES IDÉES
IL Y A DES JOURS COMME ÇA...
OUIN OUIN BOU HOU
POURQUOI PLEURES-TU, MA POUPÉE D'AMOUR?
TU ALLAIS PARTIR SANS MÊME ME FAIRE UNE BISE!
BOU HOU
WOLINSKI

QUOI DE NOUVEAU ?

JE NE VOUS FAIS PAS BANDER ?
RENVOYÉ !
POURQUOI AVEZ-VOUS TUÉ VOS QUATRES ENFANTS À COUPS DE MARTEAU ?
MON ÉDITEUR ME PRESSAIT DE LUI DONNER MON MANUSCRIT, "JE VEUX RENTRER À LA MAISON", ET ILS FAISAIENT TANT DE BRUIT, LES MONSTRES QUE JE N'ARRIVAIS PAS À TRAVAILLER. "MAMAN, PIPI ! MAMAN, J'AI FAIM ! MAMAN, JEAN M'EMBÊTE MAMAN ! MAMAN !" J'AI CRAQUÉ !
POURQUOI NE PRENDS-TU PAS UN AMANT ?
SI C'EST POUR FAIRE AVEC UN TYPE QUE JE NE CONNAIS PAS TOUT CE QUE JE N'AI PLUS ENVIE DE FAIRE AVEC MON MARI, J'AI PAS LE COURAGE.
LES PROBLÈMES DES FEMMES, J'EN AI RIEN À BRANLER !
ENFIN, UN HOMME !
HI ! HI ! PÉPÉ ME CHATOUILLE !
IL ME FAISAIT ÇA À MOI AUSSI QUAND J'ÉTAIS PETITE.
ÇA VA PAS L'ÉNERVER ?
WOLINSKI
WOLINSKI
LETTRE OUVERTE A MA FEMME
Chérie,
Je suis au café en train de me saouler la gueule avec des copains. J'ai décidé de laisser émerger mon masculin, et d'enfin être un homme-homme.
ton mari qui t'aime
ALBIN MICHEL 27F

INSÉMINATION

J'AIMERAIS TANT ÊTRE INSÉMINÉE PAR UN PRIX NOBEL!
RIEN DE PLUS FACILE! NOUS AVONS UN GRAND CHOIX AUSSI DE PRIX GONCOURT, ET MÊME UN PRIX INTERALLIÉ
QUELLE JOIE CE SERA DE DONNER LE JOUR À UN PETIT GÉNIE!
NOUS SOMMES RECONNUS D'UTILITÉ PUBLIQUE
REVENEZ NOUS VOIR PENDANT VOTRE PÉRIODE DE FÉCONDATION
HEUREUSE, CHÉRIE?
OUI, MON AMOUR
BEAUCOUP DE COUPLES DANS VOTRE CAS VIENNENT NOUS VOIR. HÉLAS, NOUS NE POUVONS AGIR QU'EN CAS DE STÉRILITÉ DE L'HOMME
MOI, JE NE SUIS PAS STÉRILE
J'AI DÉJÀ AVORTÉ TROIS FOIS
MAIS ALORS?
JE NE VEUX PAS UN ENFANT D'UN CON PAREIL!
METTEZ-VOUS À SA PLACE!
WOLINSKI

LE "CLUB NATURE"

CERTAINES PERSONNES SONT PLEINES DE CERTITUDES. LE MONDE QUI LES ENTOURE NE LES SURPREND PAS. LEUR ÉDUCATION LEUR PERMET DE SUPPORTER LES ANGOISSES DE L'EXISTENCE. ILS SONT FIERS DE LEUR SAVOIR-VIVRE.
ALLÔ... OUI, JE SUIS EN RENDEZ-VOUS, MA PETITE POUPÉE. ON SE VOIT CE SOIR? CONTINUEZ, MONSIEUR. CONTINUEZ...
MAIS SAVENT-ILS VIVRE? HEIN? HEIN? ILS ONT COMPLÈTEMENT OUBLIÉ QU'ILS NE SONT QUE DES ANIMAUX TERRIFIÉS. LEURS VÊTEMENTS, LEURS CROYANCES, LEURS LUNETTES, LEURS CIGARETTES, LEUR GOÛT POUR LE CINÉMA, LEURS COMPLEXES, LEURS AMBITIONS, LEURS DÉSIRS ET...
..LEUR IMPUISSANCE LES PROTÈGENT COMME UNE COMBINAISON DE COSMONAUTE DE L'UNIVERS TERRIFIANT ET...
...INCOMPRÉHENSIBLE DANS LEQUEL NOUS SOMMES PLONGÉS
JE T'EMBRASSE PARTOUT, PARTOUT...
EXCUSEZ-MOI, MONSIEUR, C'EST LE COURRIER À SIGNER...
VENEZ, LYDIA. VENEZ. CONTINUEZ, MONSIEUR, JE VOUS EN PRIE.
QU'EST-CE QUE C'EST ÇA? AH, OUI!
D'AUTRES, DONT JE FAIS PARTIE, SE SOUVIENNENT PARFOIS QU'ILS ONT UNE PEAU SOUS LEUR CHEMISE, ET SOUS CETTE PEAU UN MÉCANISME COMPLEXE, UNE MACHINE FANTASTIQUE...
ÇA, FAITES ATTENDRE!
ET QUE CETTE MACHINE EXISTE MÊME POUR L'IMBÉCILE DU COIN, LE CONNARD D'EN FACE, LES FOUS DU DESSUS, LES SALAUDS D'À CÔTÉ, ET TOI...
IL MANQUE UN "S", ICI
TOI, MON AMOUR, MA TENDRESSE, MON COEUR, MON FOIE, MA RATE, AVEC TES PIEDS MIGNONS, TA BOUCHE ADORABLE, TON CUL EN SATIN, TON SEXE EN VELOURS, TA LANGUE ROSE COMME LE BOUT DE TES SEINS, TES CHEVEUX D'OR.. ET POURTANT TU N'ES QUE DE LA VIANDE, MON AMOUR.
JE N'AI PAS LA PRÉTENTION DE CROIRE QUE JE SUIS LE PREMIER À ÊTRE HANTÉ PAR MA PROPRE BESTIALITÉ. J'AI LU DE NOMBREUX LIVRES SUR CE THÈME.
JE VOUS EN PRIE, MONSIEUR, AYEZ LA GENTILLESSE D'EN ARRIVER AU FAIT
J'Y ARRIVE. SI NOUS EXPLORONS AVEC TANT DE CURIOSITÉ LES PEUPLADES SAUVAGES, SI NOUS SOMMES SI CURIEUX DE LEURS MOEURS, C'EST PEUT-ÊTRE QUE NOUS AVONS UN TROUBLE DÉSIR DE RETROUVER NOS ORIGINES SAUVAGES.
ENFIN, MONSIEUR, AU FAIT! AU FAIT!
JE SUIS SÛR QU'UN "CLUB NATURE" AURAIT DU SUCCÈS ET JE CHERCHE ACTUELLEMENT DES CAPITAUX POUR LE RÉALISER. POUVEZ-VOUS M'AIDER DANS CETTE ENTREPRISE?
QU'EST-CE QU'UN "CLUB NATURE"?
C'EST TRÈS SIMPLE
IL S'AGIT, POUR UNE PÉRIODE NON INFÉRIEURE À 15 JOURS, DE VIVRE COMME UNE BÊTE. LES MEMBRES DU CLUB SERAIENT NUS COMME DES VERS, PARQUÉS COMME DES MOUTONS, SALES COMME DES COCHONS, LUBRIQUES COMME DES SINGES, LIBRES COMME DES OISEAUX.
EXCUSEZ-MOI, MONSIEUR, MAIS CELA NE M'INTÉRESSE PAS
PENDANT QUELQUES SEMAINES, ILS OUBLIERAIENT LEUR ÉDUCATION. ILS SE SERRERAIENT, TREMBLANTS, LES UNS CONTRE LES AUTRES LA NUIT. PRONONCER AUTRE CHOSE QUE DES RIRES, DES RÂLES, DES CRIS ET DES HALÈTEMENTS SERAIT INTERDIT. LA LOI DU PLUS FORT SERAIT OBSERVÉE. LE PLUS COSTAUD SE CHOISIRAIT LES MEILLEURS MORCEAUX, ET LES PLUS BELLES FEMELLES. HIN! HIN!
MAIS QU'EST CE QU'IL FAIT?
RÉFLÉCHISSEZ, MONSIEUR. CE PETIT SOUVENIR VOUS FERA PENSER AU SÉRIEUX DE MA PROPOSITION. IL Y A DE L'ARGENT À GAGNER AVEC LE «CLUB NATURE.»
IL A CHIÉ SUR MON FAUTEUIL!
WOLINSKI

BALLET

WOLINSKI

LES DÉMÉNAGEUSES

OUI?
C'EST ICI QU'IL Y'A UN PIANO À DÉMÉNAGER?
OUI
IL EST LÀ
C'EST UN PETIT
C'EST PAS TROP LOURD?
PENSEZ VOUS, ON A L'HABITUDE
C'EST POUR L'AMENER DANS MA MAISON DE CAMPAGNE
MERCI MADAME
ON A L'ADRESSE
ALORS, TU VIENS?
J'ARRIVE! J'ARRIVE!
CLIC
OH!
SALOPE! TU CROIS QUE JE NE T'AI PAS VU LUI FAIRE DE L'ŒIL
MOI?
LES DÉMÉNAGEUSES
AH! AH! AH! AH!
WOLINSKI

HAUSSE SUR LE
BOUDIN BLANC

UNE HISTOIRE D'AMOUR

JE DEVAIS FAIRE L'AMOUR AVEC JEAN-JACQUES DEMAIN SOIR, MAIS IL N'EST PAS LIBRE. ÇA T'INTÉRESSE?
OUI, BIEN SÛR; VERS QUELLE HEURE VEUX-TU?
SI JE PASSE CHEZ TOI VERS 21 HEURES, ÇA VA?
PARFAIT.
À DEMAIN, ALORS.
À DEMAIN.
ALLEZ, AU BOULOT! J'AI PLEIN DE CHOSES À PRÉPARER.
BONJOUR, MA VIEILLE, ÇA VA?
EPICERIE
LE CAVIAR, LE CHAMPAGNE, LE PAIN DE SEIGLE, DEUX CITRONS, DES FLEURS, UNE NAPPE EN PAPIER. JE CROIS QUE JE N'AI RIEN OUBLIÉ.
SEX SHOP
SI JE RÉVISAIS UN PEU?
FILMS EN CABINES INDIVIDUELLES

ON EST BIEN JOYEUX! VOUS AVEZ GAGNÉ AU LOTO, MONSIEUR GEORGES?
COMMENT AVEZ-VOUS DEVINÉ?
LA VOILA!
DRRRIING
SEX
JE...
SALUT!
MAIS TU NE VEUX PAS DINER D'ABORD?
JE SUIS AU RÉGIME. JE PRENDRAIS PEUT-ÊTRE UN PEU DE CAVIAR APRÈS.
AH!
AH!
C'EST TRÈS BON, MERCI. JE M'EN VAIS. DEMAIN, J'AI MON TENNIS TRÈS TÔT.
TU NE BOIS PAS UN PEU DE CHAMPAGNE?
SURTOUT PAS! LE CHAMPAGNE ME FAIT PERDRE LA TÊTE.
VAUT MIEUX PAS, EN EFFET!
WOLINSKI

DISCOURS POUR TOUS LES BORDS

QUE LE MONDE SOIT DIVISÉ EN DEUX, C'EST SON AFFAIRE. CELA N'EMPÊCHE PAS LA TERRE DE TOURNER. C'EST MOINS GRAVE QU'ÊTRE DIVISÉ EN DEUX PAR UN BOURREAU SAOUDIEN. LA DUALITÉ, QUAND ÇA SE PASSE DANS LA TÊTE, LE CŒUR OU LES COUILLES, C'EST TRÈS BIEN. AIMER JOHN FORD ET EISENSTEIN, LE BOURBON ET LA VODKA, LES CHAPKAS ET LES GILETS AFGHANS, FLAUBERT ET LES BANDES DESSINÉES, LES PALACES ET LES CABANES, LES FEUX DE CHEMINÉE ET LE TOUT-ÉLECTRIQUE, CE N'EST PAS CONTRADICTOIRE.
LES BANLIEUSARDS FOUS DU SAMEDI SOIR SONT PLUS INQUIÉTANTS QUE LES MARINES OU LES COSAQUES.
CEUX QUI CRAIGNENT DE DÉSESPÉRER BILLANCOURT NOUS FONT RIGOLER, SURTOUT DEPUIS QU'À BILLANCOURT IL N'Y A QUE DES YOUGOSLAVES.
ON A PAS BESOIN DE S'UNIR POUR PENSER PAREIL, ADOPTER LES MÊMES RÉSOLUTIONS, CROIRE AUX MÊMES OBJECTIFS, RESPIRER UNE ROSE.
NE PERDONS PAS NOTRE TEMPS À COLLER DES RUSTINES SUR UNE ÉCUMOIRE, N'ESSAYONS PAS D'ENFONCER LE MARTEAU AVEC LE CLOU NI DE NOUS TORCHER LE CUL DANS LES RIDEAUX DE FUMÉE. L'AVENIR N'APPARTIENT PAS À CEUX QUI NE PENSENT QU'À LEUR AVENIR.
L'AVENIR APPARTIENT À CEUX POUR QUI DEMAIN IL FERA JOUR. APRÈS AVOIR BIEN PESÉ LE POUR OU LE CONTRE, LA COMPAGNIE DES TECHNOCRATES CARRIÉRISTES ME SEMBLE PLUS SUPPORTABLE QUE CELLE DES MARGINAUX CARRIÉRISTES.
EST-ON VRAIMENT OBLIGÉ D'ASSASSINER UNE PETITE FILLE, OU D'ÊTRE VICTIME D'UNE BAVURE POLICIÈRE, POUR ÊTRE ASSURÉ DE LA SOLLICITUDE D'UNE CERTAINE PRESSE?
EST-CE SI DIFFICILE DE MONTRER SON CUL SANS BAISSER SON FROC? D'ÊTRE SOLIDAIRE SANS S'ALIGNER, DE COMPRENDRE SANS EXCUSER, D'EXCUSER SANS PARDONNER, DE PARDONNER SANS OUBLIER.
NOTRE GRANDE FORCE, C'EST QU'IL N'Y A PAS UNE GRANDE DIFFÉRENCE ENTRE CEUX QUI NE SONT PAS COMME NOUS ET NOUS, ENTRE LA FAUSSE POÉSIE ET LA VRAIE, ENTRE UN SINGE ET UN PAPILLON. MALHEUREUSEMENT, LA PRESSE A BESOIN DE POINTS CULMINANTS, LE PROFIT SE NOURRIT DE DÉSÉQUILIBRE ET LE POUVOIR APPARTIENT À CEUX QUI SONT PLEIN DE CERTITUDES. C'EST POURQUOI MON DISCOURS EST PLEIN D'INCERTITUDE. IL EST TEMPS QUE CELA CHANGE ET QUE LES INCERTAINS NE S'UNISSENT PAS POUR PRENDRE LE POUVOIR, MAIS POUR SE FENDRE LA GUEULE ENSEMBLE, CAR PLUS L'AVENIR EST INCERTAIN, PLUS NOUS AVONS DE CHANCES DE NOUS EN TIRER.

WOLINSKI

FANATIQUE IRANIEN REFUSANT LA CIVILISATION OCCIDENTALE.

PRODUCTEUR DE CÉRÉALES AMÉRICAIN INSULTANT CARTER

REBELLE AFGHAN REFUSANT LE COLLECTIVISME MARXISTE ATHÉE.

CHINOIS JOUANT AU PING-PONG AVEC UN AMÉRICAIN.

SUPPORTER DE SAINT-ETIENNE REFUSANT LA DÉCISION DE L'ARBITRE.

GAINSBOURG CHANTANT "LA MARSEILLAISE" À STRASBOURG.

TOUS VOS PROBLEMES RÉSOLUS GRÂCE À L'ASSASSINAT

ALLÔ, ICI LE MINISTRE DE L'INTÉRIEUR. FAITES METTRE LES DRAPEAUX EN BERNE. FERMEZ LES ÉCOLES ET DÉCRÉTEZ UN DEUIL NATIONAL. NOTRE PRÉSIDENT BIEN-AIMÉ VIENT DE S'ÉTEINDRE
TU M'AIMES? RÉPONDS PAR OUI OU PAR NON
VITE!
NON SEULEMENT TU ES RENVOYÉ DE L'ÉCOLE POUR AVOIR FLANQUÉ LE FEU À LA BIBLIOTHÈQUE, MAIS TU TE DROGUES, TU TE PROSTITUES, TU PIQUES DANS LES SUPERMARCHÉS, TU VOLES DES MOTOS, TU TERRORISES TA GRAND-MÈRE ET TU MILITES DANS UN MOUVEMENT NAZI! CROIS TU QUE JE VAIS SUPPORTER ÇA LONGTEMPS?
NON. PAS LONGTEMPS, PAPA.
APRÈS CE QUE TU AS FAIT, IL N'Y A PLUS QU'UNE SOLUTION.
TUE-TOI!
PAN PAN PAN PAN
VOYONS, QU'EST-CE QU'IL A DIT? « TUE-TOI » OU « TUE-MOI »?
JIMMY, JE ME PRÉSENTE CONTRE TOI AUX ÉLECTIONS
QUI SAIT CE QUI PEUT ARRIVER D'ICI LÀ, MON CHER TED...
♪
SI MITTERRAND MEURT, TU AS UNE CHANCE...
ET TOI, SI GISCARD MEURT, TU AS UNE CHANCE...
POURQUOI NE PAS UNIR NOS CHANCES?
TOI, RIEN QU'À TA TÊTE, JE SENS QUE TU VAS NOUS ANNONCER UNE MAUVAISE NOUVELLE!
PSSCHT
WOLINSKI

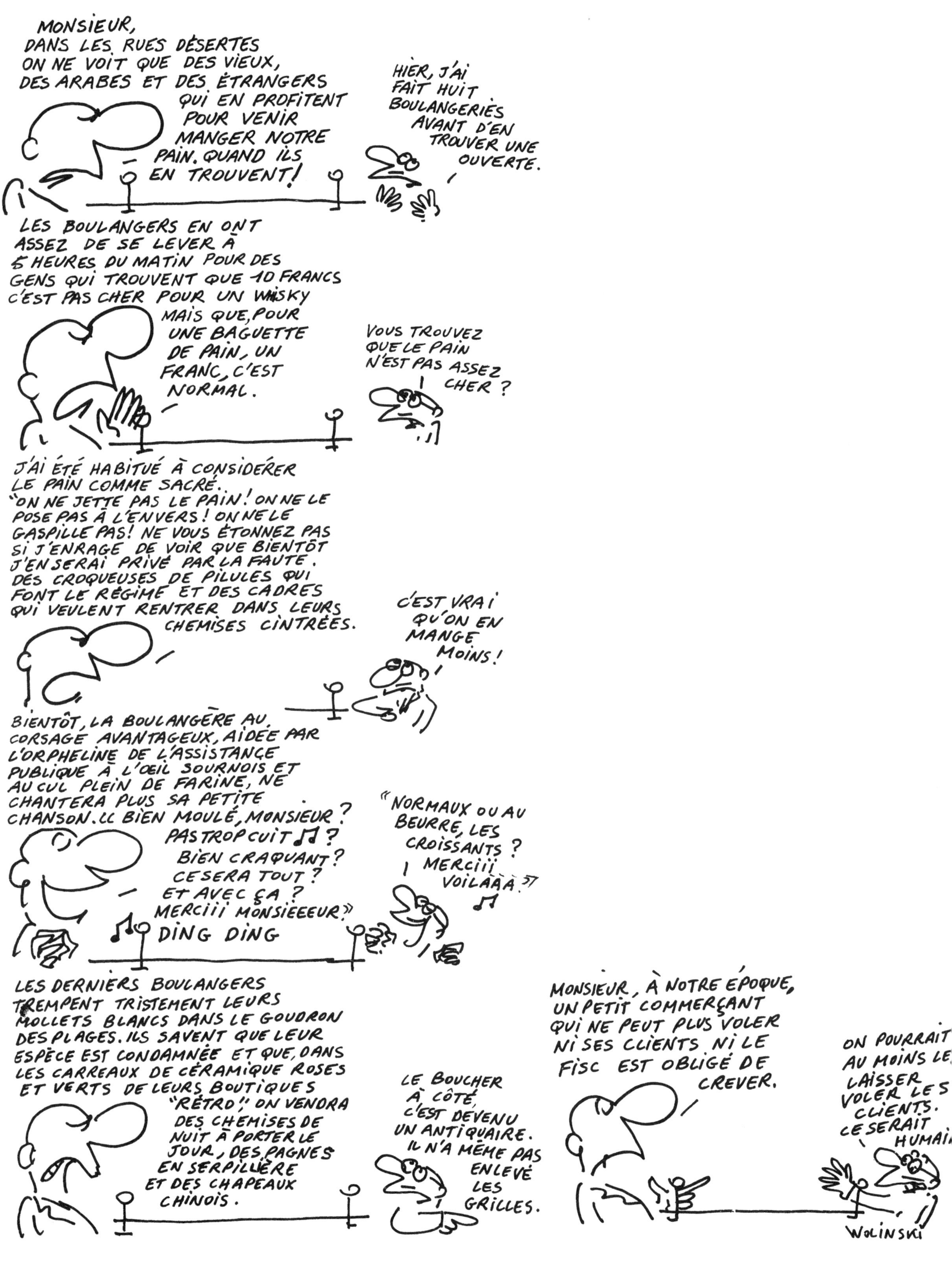
MONSIEUR, DANS LES RUES DÉSERTES ON NE VOIT QUE DES VIEUX, DES ARABES ET DES ÉTRANGERS QUI EN PROFITENT POUR VENIR MANGER NOTRE PAIN. QUAND ILS EN TROUVENT!
HIER, J'AI FAIT HUIT BOULANGERIES AVANT D'EN TROUVER UNE OUVERTE.
LES BOULANGERS EN ONT ASSEZ DE SE LEVER À 5 HEURES DU MATIN POUR DES GENS QUI TROUVENT QUE 10 FRANCS C'EST PAS CHER POUR UN WISKY MAIS QUE, POUR UNE BAGUETTE DE PAIN, UN FRANC, C'EST NORMAL.
VOUS TROUVEZ QUE LE PAIN N'EST PAS ASSEZ CHER ?
J'AI ÉTÉ HABITUÉ À CONSIDÉRER LE PAIN COMME SACRÉ. "ON NE JETTE PAS LE PAIN! ON NE LE POSE PAS À L'ENVERS! ON NE LE GASPILLE PAS! NE VOUS ÉTONNEZ PAS SI J'ENRAGE DE VOIR QUE BIENTÔT J'EN SERAI PRIVÉ PAR LA FAUTE. DES CROQUEUSES DE PILULES QUI FONT LE RÉGIME ET DES CADRES QUI VEULENT RENTRER DANS LEURS CHEMISES CINTRÉES.
C'EST VRAI QU'ON EN MANGE MOINS!
BIENTÔT, LA BOULANGÈRE AU CORSAGE AVANTAGEUX, AIDÉE PAR L'ORPHELINE DE L'ASSISTANCE PUBLIQUE À L'OEIL SOURNOIS ET AU CUL PLEIN DE FARINE, NE CHANTERA PLUS SA PETITE CHANSON. « BIEN MOULÉ, MONSIEUR ? PAS TROP CUIT ? BIEN CRAQUANT ? CE SERA TOUT ? ET AVEC ÇA ? MERCIII MONSIEEEUR » DING DING
« NORMAUX OU AU BEURRE, LES CROISSANTS ? MERCIII VOILÀÀÀ. »
LES DERNIERS BOULANGERS TREMPENT TRISTEMENT LEURS MOLLETS BLANCS DANS LE GOUDRON DES PLAGES. ILS SAVENT QUE LEUR ESPÈCE EST CONDAMNÉE ET QUE, DANS LES CARREAUX DE CÉRAMIQUE ROSES ET VERTS DE LEURS BOUTIQUES "RÉTRO", ON VENDRA DES CHEMISES DE NUIT À PORTER LE JOUR, DES PAGNES EN SERPILLIÈRE ET DES CHAPEAUX CHINOIS.
LE BOUCHER À CÔTÉ, C'EST DEVENU UN ANTIQUAIRE. IL N'A MÊME PAS ENLEVÉ LES GRILLES.
MONSIEUR, À NOTRE ÉPOQUE, UN PETIT COMMERÇANT QUI NE PEUT PLUS VOLER NI SES CLIENTS NI LE FISC EST OBLIGÉ DE CREVER.
ON POURRAIT AU MOINS LE LAISSER VOLER LES CLIENTS. CE SERAIT HUMAI
WOLINSKI

“ON”

ON N'EST PAS SORTIS DE L'AUBERGE!
TU SAIS COMBIEN ON M'A DEMANDÉ POUR UNE CHAISE LONGUE À JUAN-LES-PINS?
ET ENCORE, IL FAUT S'ESTIMER HEUREUX SI ON EN TROUVE UNE!
ON EST DANS LE BROUILLARD!
FRANCHEMENT, ON NE SAIT PLUS OÙ ON VA!
ON NAVIGUE AU RADAR
ON EST FOUTUS!
ON VA BIENTÔT MANGER
REMARQUE, ON L'AURA CHERCHÉ
ÇA, ON L'AURA VOULU
ON L'A DANS LE CUL!
ET POURTANT, ON A TOUT POUR ÊTRE HEUREUX DANS CE PUTAIN DE PAYS
ON N'A QU'À SE BAISSER
ON EST ARRIVÉS AU POINT DE NON-RETOUR!
ON A DU BLÉ, ON A DES FORÊTS À NE SAVOIR QU'EN FOUTRE. ON A DE LA PLACE. ON A DU VIN ET ON A LA BOMBE...
ON N'A PAS DE PÉTROLE
ON NOUS FAIT CHIER!
ON N'A QU'À S'EN PASSER. COMMENT VIVAIT-ON AVANT?
ON N'EST PLUS AU MOYEN-AGE
ON COURT À LA CATASTROPHE!
ON PEUT M'AIDER POUR LE GIGOT?
EH BIEN, ON DEVRAIT PEUT-ÊTRE Y RETOURNER, AU MOYEN-AGE. AU MOINS, EN CE TEMPS-LÀ, ON N'AVAIT PAS PEUR D'ALLER CASSER LA GUEULE AUX ARABES
ON AVAIT DES COUILLES, EN CE TEMPS-LÀ!
ON ARRIVE!
ON NOUS BAISE!
LA VÉRITÉ, C'EST QU'ON EST DEVENUS MOUS. ON NE PEUT PLUS SE PASSER DE GADGETS.
ON EST ESCLAVES DE LA SOCIÉTÉ DE CONSOMMATION
ON L'A PAS TROP LAISSÉ CUIRE?
ON NOUS ÉTRANGLE!
SI ON AVAIT PLUS DE COURAGE, CROIS-MOI QUE LES CHOSES CHANGERAIENT.
ON NE PEUT PAS LUTTER CONTRE LA FATALITÉ!
DEPUIS QU'ON NOUS A RÉPARÉ LE FOUR, RIEN NE VA PLUS.
ON NOUS ÉCRASE!
ALORS ON N'A PLUS QU'À SE FLINGUER! PAN! PAN!
ON EST BIEN NERVEUX, CE SOIR!
EN TOUT CAS, ON S'EST RÉGALÉS!
ON NOUS MET PLUS BAS QUE TERRE!
ON PREND LE CAFÉ ET LA TARTE SUR LA TERRASSE?
C'EST VRAI QUE TANT QU'ON PEUT SE TAPER LA CLOCHE!
SI ON MEURT, ÇA SERA PAS DE FAIM.
ON NOUS PRENDS POUR DES CONS!
FINALEMENT, ON N'EST PAS MALHEUREUX!
ON N'A PAS TROP À SE PLAINDRE
WOLINSKI

FANTASMES

C'EST L'HEURE DE MON PREMIER FANTASME
VOILÀ!
SALUT, TONTON. TU M'AIDES À FAIRE MES DEVOIRS ?
VA-T-EN!
QU'EST-CE QU'IL A, MON TONTON CHÉRI, IL A L'AIR TOUT TRISTE ?
ELLE M'AGACE! LES MINETTES M'AGACENT, ET PUIS J'AIME PAS QUAND ELLE VIENT EN JEAN. ELLE DOIT PORTER UN KILT, DES SOCQUETTES ET UNE CULOTTE EN COTON. JE ME TUE À LE LUI DIRE!
PLOP
AH, VOILÀ MARIA. JE NE VOUS DÉRANGE PAS, MARIA ?
NON, MONSIEUR. JE VAIS TOURNER AUTOUR DE VOUS.
ÇA VA BIEN, MARIA ?
ÇA VA BIEN, MONSIEUR.
VOUS SAVEZ CE QUE JE VAIS VOUS FAIRE, MARIA ?
MON PAUVRE MONSIEUR, JE SAIS QUE VOUS N'OSEREZ JAMAIS RIEN ME FAIRE. C'EST PAS COMME MON FIANCÉ. IL A CASSÉ MON LIT, HIER SOIR, TELLEMENT IL ME BAISAIT FORT.
VA-T'EN!

JE FERAIS MIEUX DE PENSER À AUTRE CHOSE, MES FANTASMES NE VEULENT PLUS DE MOI!
BONJOUR, CHÉRI.
TU AS BESOIN DE QUELQUE CHOSE?
J'AI ENVIE DE..
TU AS ENVIE DE QUOI?
DE.. D'UN VERRE D'EAU
TIENS.
MERCI, TU ES TRÈS BELLE.
C'EST POUR TOI QUE JE ME FAIS BELLE
OÙ VAS-TU?
J'AI DES COURSES À FAIRE
AH!
À CE SOIR...
...MON AMOUR
À CE SOIR...
...MON AMOUR
J'AURAI DÛ LA RETENIR...
DÉPÊCHE-TOI DE FINIR TON VERRE, ESCLAVE!
OUI, MADAME.
ET N'ESSAIE PAS DE ME FAIRE DISPARAÎTRE! CHIEN!
NON MADAME.
WOLINSKI

LES NOUVELLES FEMMES

J'ESTIME QUE J'ASSUME JOYEUSEMENT MA SEXUALITÉ
JE ME DEMANDE CE QUE CELA VEUT DIRE POUR TOI, "ASSUMER JOYEUSEMENT SA SEXUALITÉ"!
EN TOUT CAS, C'EST PAS LE GENRE DE COCHONNERIES QUE TU AS DANS LA TÊTE
JE SAIS QUE JE NE VAIS PAS JOUIR.
LES AUTRES, C'ÉTAIT INSUPPORTABLE. TANDIS QUE TOI, MÊME SI JE NE SENS RIEN, C'EST BON!
DIS-MOI CE QUE TU VEUX QUE JE FASSE
JE LE FERAI
EDMOND, APRÈS 25 ANS DE MARIAGE, J'AI DÉCIDÉ DE DEVENIR TA MAÎTRESSE
ÇA PEUT PEUT-ÊTRE ATTENDRE ENCORE UN PEU?
VOYONS! AU SUJET DE NOTRE GRANDE ENQUÊTE SUR LA SEXUALITÉ DES FEMMES, IL SERAIT INTÉRESSANT DE SAVOIR LAQUELLE D'ENTRE NOUS A EU RÉCEMMENT DES RAPPORTS AVEC UN HOMME?
WOLINSKI

CLOTILDE A UN GROS PROBLÈME

PAPA, J'AI UN GROS PROBLÈME
ILS ONT ASSASSINÉ BOULIN! UN HOMME DE MON ÂGE, HONNÊTE, TRAVAILLEUR, BON PÈRE DE FAMILLE COMME MOI! LA PRESSE, LA POLITIQUE, LES MAGOUILLES, TOUT ÇA, ÇA ME DÉGOÛTE! JE TE DONNERAI UN COUP DE BALAI DANS TOUT ÇA, MOI!
MAMAN, J'AI UN GROS PROBLÈME.
ILS ONT MASSACRÉ LE CAMBODGE! TU FERAIS MIEUX DE T'INTÉRESSER À CE QUI SE PASSE LÀ-BAS! VOUS NE PENSEZ QU'À VOUS! SI ON VEUT SAUVER CES MILLIONS D'HOMMES ET DE FEMMES EN DANGER, IL FAUT AGIR. J'AI PRIS LA TÊTE D'UN COMITÉ CHARGÉ DE TROUVER UNE CHAMBRE DE BONNE PAR IMMEUBLE POUR Y ACCUEILLIR UNE FAMILLE DE CAMBODGIENS QUI POURRAIENT RENDRE DES SERVICES.
JEANNOT, J'AI UN GROS PROBLÈME
ILS ONT TUÉ MESRINE! ILS L'ONT ABATTU COMME UN CHIEN ENRAGÉ. IL AVAIT TOUT COMPRIS, CE TYPE. JE SUIS ÉCOEURÉ, TU NE PEUX PAS SAVOIR! J'EN AI MARRE DE CE MONDE HYPOCRITE. JE VAIS PARTIR LOIN, OU ATTAQUER UNE BANQUE. ÉCOUTE LE SON DÉCHIRANT DE CETTE MUSIQUE... DOU DOU DI DI BABA DI BA DA BOU HOU HOU. FOUS MOI LA PAIX. TU NE PEUX PAS COMPRENDRE DANS QUEL ÉTAT JE SUIS...
J'ai un gros problème et je vous emmerde.
WOLINSKI

C'EST PSYCHOSOMATIQUE !

C'EST PSYCHOSOMATIQUE, CHERI.
TU ES TRÈS FATIGUÉ EN CE MOMENT. IL NE FAUT PAS TE FRAPPER.
TU VERRAS QUE DEMAIN, ÇA IRA MIEUX.
ET PUIS MÊME SI ÇA NE VA PAS MIEUX, QUELLE IMPORTANCE ? POURVU QUE JE SOIS PRÈS DE TOI, JE SUIS HEUREUSE.
TU SAIS QUE TU PEUX TOUT ME DEMANDER. TU SAIS QUE JE FERAIS N'IMPORTE QUOI POUR TOI !
TOUT ?
TOUT
TU VEUX BIEN TE FOUTRE UN COUSSIN SUR LA GUEULE ?
WOLINSKI

HISTOIRE DE FEMMES

TU VOIS, LÀ, JE MERDE
PARCE QUE TU VEUX TROP EN METTRE
T'AS RAISON. C'EST TROP BOURRÉ
DONNE DE L'AIR, FAUT QUE ÇA RESPIRE
JE VAIS FAIRE SAUTER LE...
LE TEXTE SUR LE...
BIEN SÛR, ON COMPREND TRÈS BIEN SANS ÇA
HI! HI! JE NE SAIS PAS POURQUOI JE T'AI EMBRASSÉE
C'EST COMME ÇA.
JE FINIS
BON, JE ME TIRE, MON MEC EST SEUL AVEC LES GOSSES
CIAO
OUAAH, LE BORDEL!
OH! C'EST RIEN À RANGER...
MAMAN!
OUF! ILS SONT COUCHÉS! J'AI UN DE CES MAL AUX REINS!
ÇA A MARCHÉ AUJOURD'HUI?
OUI, J'AI TRAVAILLÉ AVEC GLADYS. IL M'EST ARRIVÉ UN TRUC BIZARRE
QUEL TRUC?
JE L'AI EMBRASSÉE
EMBRASSÉE?
OUI, VRAIMENT EMBRASSÉE. C'EST DRÔLE! TU CROIS QUE JE DEVIENS LESBIENNE?
MÉFIE-TOI, SI TU DEVIENS LESBIENNE, QUE JE DEVIENNE PÉDÉ.
TU ES BELLE
OH! TU PARLES!
AH! C'EST BON! C'ÉTAIT BON POUR TOI AUSSI?
OUI. TRÈS!
BONNE NUIT, MA CHÉRIE
BONNE NUIT, CHÉRI
RRR
JE M'ENDORS EN PENSANT AUX LÈVRES DE GLADYS, AVEC LEUR GOÛT DE GAULOISES. MANQUERAIT PLUS QUE JE SOIS LESBIENNE!
WOLINSKI

PAS DE CRÉDITS POUR LA GUILLOTINE

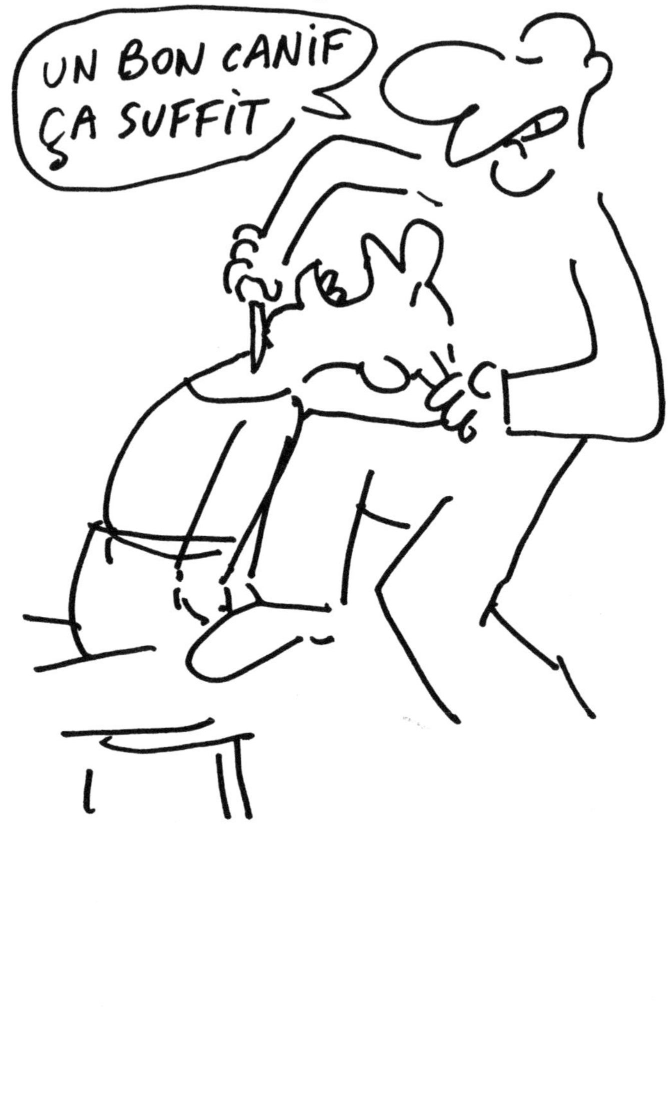
UN BON CANIF ÇA SUFFIT

COMIC-STRIP

J'AI BEAUCOUP CHANGÉ CES DERNIERS TEMPS, TU NE TROUVES PAS ? JE ME SENS PLUS FORTE. PLUS ... AUTONOME. AVANT, JE N'IMAGINAIS PAS LA VIE SANS UN HOMME. MAIS ALORS, ABSOLUMENT PAS. JE PANIQUAIS !
À PRÉSENT, JE ME VOIS TRÈS BIEN VIVRE COMME ÇA, TOUTE SEULE. MÊME QUE ÇA ME FERAIT CHIER. VRAIMENT, ÇA ME FERAIT CHIER DE PARTAGER MA VIE AVEC UN TYPE, DE L'AVOIR TOUT LE TEMPS CHEZ MOI À TOURNER AUTOUR DE MOI.
ÇA ME FERAIT CHIER
JE T'ASSURE, JE ME VOIS, MAIS ALORS SANS PROBLÈME, VIVRE SEULE. MÊME VIEILLE. À SOIXANTE ANS. SANS TYPE ET SANS ENFANTS. TU NE ME CROIS PAS, HEIN ?
JE SUIS SÛRE QUE TU NE ME CROIS PAS. MAIS C'EST VRAI, JE T'ASSURE. JE ME VOIS, À SOIXANTE ANS, TOUTE SEULE ET HEUREUSE, SEREINE. TU NE ME CROIS PAS. TU AS TORT DE NE PAS ME CROIRE ...
JE VOIS ÇA À TON AIR. TU TE DIS TÔT OU TARD, ELLE CRAQUERA. C'EST CE QUE TU PENSES, HEIN ? TU NE CROIS PAS QU'UNE FEMME PEUT ÊTRE HEUREUSE EN VIVANT SEULE. C'EST PAS CE QUE TU PENSES AU FOND DE TOI-MÊME, DIS-MOI ?
QUAND C'EST QU'ON BAISE ?
WOLINSKI

MONSIEUR, QUI EST LENT COMME LE SUISSE, BORNÉ COMME LE BELGE, SOURNOIS COMME LE HOLLANDAIS, LOURD COMME L'ALLEMAND, INSIGNIFIANT COMME LE LUXEMBOURGEOIS, DÉDAIGNEUX COMME L'ANGLAIS, BIDON COMME L'ITALIEN ET EXASPÉRANT COMME LE FRANÇAIS?
OH, VOUS SAVEZ, MOI, J'AI JAMAIS ÉTÉ FORT POUR LES DEVINETTES...
L'EUROPÉEN, MONSIEUR. L'HOMME DE DEMAIN!
J'Y COMPRENDS RIEN, À L'EUROPE.
ON NE PARLE DE L'EUROPE QU'EN TERMES ÉCONOMICO-MILITARO-POLITIQUES. ON OUBLIE LE FACTEUR HUMAIN. QUE NOS VOISINS ACCEPTENT L'EXPORTATION DE NOS DÉFAUTS, ÇA LES REGARDE. MAIS NOUS N'AVONS PAS BESOIN DES LEURS!
SURTOUT QU'ILS NE VALENT PAS LES NÔTRES...
L'ESPRIT FRANÇAIS, CETTE PURE MERVEILLE D'ÉQUILIBRE ET DE DISTINCTION, CETTE MÉCANIQUE DE PRÉCISION ET D'ÉLÉGANCE, NE SORTIRA PAS INDEMNE DE CE GRAND TRIPATOUILLAGE EUROPÉEN
VOUS N'ÊTES PAS POUR L'EUROPE, ON DIRAIT?
JE NE SUIS POUR RIEN!
EN BON FRANÇAIS, «COMMUN», CELA VEUT DIRE GROSSIER ET VULGAIRE. JE NE VEUX PAS D'UN MARCHÉ, D'UN SYSTÈME MONÉTAIRE ET D'UNE COMMUNAUTÉ GROSSIERS ET VULGAIRES. C'EST TOUT!
ON EST PAS OBLIGÉS DE LES FRÉQUENTER, CES GENS-LÀ, TOUT DE MÊME!
WOLINSKI

SAINTE VIERGE FÉMINISTE PRIEZ POUR NOUS
JE PRIE PAS POUR LES MECS

Histoires juives

ÇA NE VEUT RIEN DIRE, POUR MOI, ÊTRE JUIF.
ALLONS, ALLONS, SI TU AVAIS UN FILS, TU NE LE FERAIS PAS CIRCONCIR ?
HEUREUSEMENT, J'AI QUE DES FILLES.
VOUS, LES JUIFS, VOUS ÊTES DES MALINS
TU NE TE DEFENDS PAS MAL NON PLUS
OUAIS, MAIS SI J'ÉTAIS JUIF, JE SERAIS DEUX FOI PLUS MALIN
VOUS ÊTES COMMUNISTE ?! APRÈS TOUT CE QU'ILS FONT AUX JUIFS !
JE VOUS CROYAIS ANTISÉMITE
QUAND ON SAIT QUE LE COMMUNISME EST UNE INVENTION DES JUIFS, ON NE PEUT ÊTRE QU'ANTISÉMITE
VA ME CHERCHER UN LITRE D'HUILE CHEZ LE JUIF
CHUT !
IL FAUT RESTER PETIT, ALBERT. IL FAUT RESTER PETIT. A QUOI ÇA SERT DE GAGNER 50 MILLIONS ET DE PAYER DES IMPÔTS ? IL VAUT MIEUX GAGNER 40 MILLIONS EN FAISANT TRAVAILLER DES GENS CHEZ EUX. TU LES DÉCLARES PAS. IL FAUT RESTER PETIT, IL FAUT PAS SE LAISSER BOUFFER PAR LES FRAIS GÉNÉRAUX. TU COMPRENDS, ALBERT, L'IMPORTANT, C'EST PAS LE CHIFFRE D'AFFAIRES. L'IMPORTANT, C'EST LE BÉNÉFICE. IL FAUT RESTER PETIT
TRÈS BON, CE VEAU À LA TOMATE
TU ES JUIF ? ÇA NE M'ÉTONNE PAS
AH ! ÇA SE VOIT ?
PAS DU TOUT MAIS JE LES SENS A UN KILOMÈTRE
TU SAIS CE QU'IL M'A REFILÉ, CE SALE JUIF ! OH, PARDON, GEORGES !
C'EST RIEN, C'EST RIEN.
ILS SONT TOUS AVOCATS, MÉDECINS, COMMERÇANTS OU ARTISTES. TU EN AS DÉJÀ VU GRATTER LA TERRE ?
TU GRATTES LA TERRE, TOI ?
MOI, C'EST PAS PAREIL. CHEZ NOUS, ON EST DANS L'ADMINISTATION DE PÈRE EN FILS
TU N'AS RIEN D'UN JUIF, À PART TON NEZ, PEUT-ÊTRE, ET PUIS CETTE FAÇON HORRIPILANTE DE TE METTRE EN AVANT
JE PEUX ME METTRE DERRIÈRE, SI TU VEUX
VOTRE HUMOUR EST TYPIQUEMENT JUIF
AH, OUI, POURQUOI ?
CRACRA NOSTALGIQUE
J'AVAIS UN POTE À L'ARMÉE, IL ÉTAIT JUIF COMME TOI ; POURTANT, IL ÉTAIT VACHEMENT COSTAUD
TU ES SÛR QU'IL ÉTAIT JUIF ?
IL MANGEAIT PAS DE COCHON
TOUTE LA PRESSE EST ENTRE LEURS MAINS
HERSANT EST JUIF ?
ILS NE PEUVENT PAS TOUT AVOIR, TOUT DE MÊME
VOUS NE M'EN VOUDREZ PAS SI JE N'AIME PAS LES JUIFS, MAIS MON PÈRE A TROP SOUFFERT À CAUSE D'EUX À LA LIBÉRATION
IL Y AVAIT PEUT-ÊTRE DES RAISONS
À CETTE ÉPOQUE, TOUT LE MONDE ÉTAIT ANTISÉMITE. C'EST PAS COMME AUJOURD'HUI, IL A PAYÉ POUR LES AUTRES !
TU AURAIS ÉTÉ UN JUIF COMME ÇA, JAMAIS JE T'AURAIS ÉPOUSÉ !
TRÈS BON, CE VEAU À LA TOMATE
À BAS LES JUIFS !
TU LAISSES TROP CETTE ENFANT REGARDER LA TÉLÉVISION
WOLINSKI

TA FEMME EST MOCHE

TA FEMME EST VRAIMENT MOCHE!
AH, TU TROUVES!? MOI JE NE TROUVE PAS
ALLONS, ALLONS, AVOUE! AU FOND DE TOI-MÊME...
JE T'ASSURE... OU PEUT-ÊTRE JE ME SUIS HABITUÉ, MAIS JE NE LA TROUVE PAS MOCHE...
HIN! HIN! TU VOIS
BIEN SÛR, C'EST PAS..EUH.. BRIGITTE BARDOT, MAIS..
ELLE EST MOCHE!
ELLE EST MOCHE
BON, SI TU VEUX, ELLE EST MOCHE POUR TOI. MAIS POUR MOI ELLE EST PAS MOCHE
ET EN PLUS ELLE EST CON!
OH, ELLE C'EST UN PEU COMME TOUT LE MONDE
ET ELLE EST CHIANTE! JE ME DEMANDE COMMENT TU PEUX LA SUPPORTER
IL FAUT BIEN SE SUPPORTER, SINON LA VIE SERAIT UNE JUNGLE
TOUT DE MÊME, IL Y A DES LIMITES! MOI, JE VEUX BIEN AVOIR UNE FEMME CON, OU UNE FEMME MOCHE, OU UNE FEMME CHIANTE. MAIS LES TROIS À LA FOIS! CHAPEAU, MON VIEUX!
BON, C'EST PAS TOUT ÇA, MAIS DEMAIN J'AI CLASSE!
C'EST TOI? TU RENTRES BIEN TARD?
J'ÉTAIS AVEC ALBERT
JE ME DEMANDE COMMENT TU PEUX SUPPORTER CE TYPE?
JE T'INTERDIS DE DIRE DU MAL DE MES AMIS. COMPRIS!
WOLINSKI

LA DEMANDE EN MARIAGE

JE... JE TE PROPOSE UN CONTRAT DANS LEQUEL TU T'ENGAGES À VIVRE AVEC MOI À LA CONDITION QUE JE... JE TE RENDE HEUREUSE.
JE... JE TE PROPOSE DE PARTAGER AVEC MOI LA VEDETTE D'UN FILM DONT JE VAIS TE RACONTER LE SCÉNARIO.
IL S'AGIT D'UNE AVENTURE. D'UNE AVENTURE EXCEPTIONNELLE: DANS UNE SOCIÉTÉ HOSTILE, DURE, BÊTE ET MÉCHANTE, DANS UNE JUNGLE OÙ IL FAUDRAIT SE FRAYER UN CHEMIN À COUP DE CYNISME ET D'ARRIVISME, UN HOMME, MOI, UNE FEMME, TOI, ESSAIENT DE CONSTITUER UN COUPLE.
ILS ESSAIENT DE PASSER À TRAVERS LES JALOUSIES, LES HAINES, LES ÉGOÏSMES ET LES VANITÉS.
ILS ESSAIENT DE VIVRE ENSEMBLE. DE SE REVEILLER TOUS LES MATINS COMME S'ILS SE RENCONTRAIENT POUR LA PREMIÈRE FOIS. DE SE LAVER LES DENTS AVEC LA MÊME BROSSE À DENTS, DE SE FROTTER LE CORPS AVEC LE MÊME GANT, DE S'ESSUYER AVEC LA MÊME SERVIETTE. DE S'ASSEOIR SUR LA LUNETTE DES TOILETTES ENCORE CHAUDE DE L'AUTRE. DE BEURRER LEURS TARTINES AVEC LE MÊME COUTEAU, ET DE LÉCHER SUR LEURS DOIGTS LA MÊME CONFITURE EN ÉCOUTANT LES INFORMATIONS SUR LE MÊME POSTE DE RADIO.
LE GRAND PROBLÈME DE CE COUPLE SERA DE LUTTER CHAQUE JOUR CONTRE TOUT CE QUI PEUT LES SÉPARER : LE TRAVAIL, LES MALADIES, LES GUERRES, LES EMMERDEURS, LES TREMBLEMENTS DE TERRE, LES AMBITIONS, LES JALOUSIES, LA LASSITUDE ET LA MORT.
TOUS LES SOIRS, LA RÉCOMPENSE DE LEUR BAGARRE QUOTIDIENNE SERA DE SE RETROUVER, DE S'EMBRASSER, DE SE RACONTER, DE SE CARESSER, DE SE FAIRE DES PETITS PLATS, DE SE DÉVÊTIR ET DE S'ENDORMIR, JAMBES EMMÊLÉES, MAINS BLOTTIES, LE CUL AU CHAUD, LE CŒUR CONTENT.
IL Y AURA DES PASSAGES OÙ ON RIRA BEAUCOUP, DES MOMENTS OÙ ON PLEURERA, OÙ ON RESTERA SILENCIEUX, OÙ ON AURA PEUR, OÙ ON S'ATTENDRIRA, OÙ ON S'INDIGNERA. COMME DANS LA VIE!
IL Y AURA DU VENT, DU SOLEIL, DES VAGUES, DES AMIS, DU VIN, DE LA MUSIQUE, DE LA FOLIE. COMME DANS LA VIE!
IL Y AURA DES ENFANTS AVEC UN ŒIL À L'UN, UN ŒIL À L'AUTRE, UNE FOSSETTE À L'UN, UNE GRIMACE DE L'AUTRE. IL Y AURA DES INQUIÉTUDES, DES NUITS OÙ ON IRA CHERCHER LE MÉDECIN, DES MATINS OÙ ON IRA CHERCHER DES JOUETS. COMME DANS LA VIE!
RÉFLÉCHIS
À MON AVIS, TU ES ABSOLUMENT LE PERSONNAGE.
SI LE SCÉNARIO TE PLAÎT, NOUS RISQUONS DE FAIRE UN VRAI BONHEUR.

JE...
JE...
JE...
JE...
JE...
JE...
OUI!
WOLINSKI

NADIA COMANECI A UN GROS CUL

ÇA M'EMPÈCHE PAS DE SAUTER

BIENTÔT LES PALMIERS...

MÉDITATION
BONJOUR SIMONE.
BONJOUR GEORGES
BONJOUR
QU'EST-CE QU'IL A?
IL MÉDITE
ÇA FAIT UNE SEMAINE QU'IL NE DIT PLUS UN MOT
ÇA LUI PREND SOUVENT?
NON, C'EST LA PREMIÈRE FOIS: IL M'A EXPLIQUÉ QU'IL VOULAIT PROFITER DES VACANCES POUR "RENTRER EN LUI-MÊME"
MA PAUVRE CHÉRIE!
DE TOUTE FAÇON, ON ÉTAIT TROP FAUCHÉS POUR ALLER QUELQUE PART.
IL MANGE, AU MOINS?
JE LUI DONNE DES PLATÉES DE RIZ ET DE PÂTES. T'EN FAIS PAS, IL NE SE LAISSE PAS MOURIR.
TU NE DEVRAIS PAS RIRE
JE TROUVE ÇA ASSEZ BEAU, DANS UNE ÉPOQUE AUSSI MATÉRIALISTE QUE LA NOTRE, UN HOMME QUI A LE COURAGE DE FAIRE UNE RETRAITE, DE FAIRE LE VIDE EN LUI, DE RÉFLÉCHIR...
ÇA, ÇA VAUT MIEUX QU'AVOIR UN HOMME TOUJOURS DERRIÈRE SES FESSES À TE PARLER DE SES PROBLÈMES
JE TE TROUVE DURE!
MOI!? IL N'Y A PAS PLUS GENTILLE QUE MOI!
BON, ALORS, ON LA FAIT CETTE TOURNÉE DES BROCANTEURS? J'AI REPÉRÉ DES ASSIETTES QUI VONT AVEC MON SERVICE
ON PREND TON AUTO OU LA MIENNE?
CONASSES!
Wolinski

Cet album
a été achevé d'imprimer le 15 décembre 1981
sur les presses Offset-Aubin à Poitiers
pour les Editions Albin Michel
d'après une maquette
de l'Atelier Michel Méline

Dépôt légal, 4e trimestre 1981
Numéro d'impression : P 10514. Numéro d'édition : 7403
Imprimé en France